樂 府

心里滿了，就从口中溢出

拳

何大草 著

一指见明月,

一月见春山。

春山藏千山,

千山归一山。

——髡名

目 录

第 1 章　　四月杪　　1

第 2 章　　鹤　鸣　　29

第 3 章　　禅门问海　　61

第 4 章　　砖窑槐花开　　105

第 5 章　　午后 1 点 50 分　　147

第 6 章　　予怀浩渺　　163

第 7 章　　春山藏千山　　191

第 8 章　　春去也　　221

后　记　　有所忆，乃在春烬时　　227

第11章

四月抄

· 1 ·

我小学五年级时,看了一部马王堆汉墓出土的纪录片。贵妇人华丽的服饰、陪葬的黑红漆器、绢帛上的扶桑十日图,都让我确信,地下的颜色要远比地上更绚烂。有个动人的细节是,云纹漆鼎中盛着一片2173年前的藕,粉嫩如新,但当摄影机转动起来时,有人稍稍挪了一下鼎,藕就在瞬息之间化成了一汪水。

旧世界的漆棺、女尸、帛画、汉简、神秘纹饰、古怪的书法，都让我着迷。这一切不可思议，怅怅然，又引我想入非非。比照而言，生活的日常，又是多么灰扑扑。

高中毕业前，我已读了三遍范文澜的《中国通史简编》、二分之一的《史记》，写了大半本说愁道恨的旧诗词。17岁的初秋，提了口箱子，乘车从市中心穿了半个城，驶过九眼桥，进大学就读历史系。

宋词上说"东南形胜"，这所大学所在的位置，即是成都的东南角。校门正对锦江，右手有一座望江楼、一口薛涛井，竹林环抱，僻静而多幽趣。左手，则是白塔寺街，塔已不存，只剩了个地名。

1983年，4月的第三个星期五，我作为大四学生，结束了在茂陵博物馆的实习，搭火车返回成都。傍晚的西安站，风是暖和的，我把铺盖卷放在车厢之间的连接处，坐了上去。没有买到硬座票，硬卧本来就没想，能登车已算好。每年暑假，我都会搭载了木材、青稞、黑山羊的解放牌去做田野调查，阿坝州、凉山州、大渡河……屁股颠得生疼，还高兴得很。在铺盖卷上坐十几个小时，相当舒服了。

火车启动时，明代城墙在窗外慢慢退远。成群的燕子，绕着箭楼的檐角在盘旋，天很快就黑了。

我这还是头一回在北方生活，待了两个月。

我2月份出川时，成都已满眼翠绿。穿过秦岭隧道，就一望皆是漠漠黄土了。西安北边，有著名的汉五陵：高祖长陵、惠帝安陵、景帝阳陵、武帝茂陵、昭帝平陵。论震烁古今，推武帝第一，茂陵自然是最气派的。但在寒气逼人的早春，它也未见出雄峻，和陪葬的卫青墓、霍去病墓等，像十来个干馒头摆在宽阔的陵园内。

松柏脚下，还积着没融化的雪。茂陵博物馆的一个小旮旯，摆了我的一张床。每天早上，我会冲到晨风中跑步2000米。风中有微小的沙砾，偶尔飘雪花。

霍去病的墓碑前，有个穿中山装的老人在打太极拳，是退休返聘的老馆员，大家尊称他谭公。我跑过时，冲他招招手。他微微一笑，又似乎人境两忘。

我出生在成都少城的一家产院。时值灾荒年，体弱、多病，爷爷婆婆尽量弄了鱼肉喂我吃。念小学后，又坚持跑步，逐渐强了些。还有就是我很能吃杂粮、粗粮。那时的口粮供应，白米、粗粮各半。粗粮即红苕、玉米，很多人难以下咽，我当药吃，习惯了，反而嫌米饭太淡，细而无嚼劲。除了跑步，也打乒乓球。篮球、足球，浅尝辄止。我很难在一个群体中参与协调行动。跑步是最简单的，而打乒乓只需捉对厮杀，也不复杂。不过，我原来打乒乓比较谨慎，自信心差，主要是削球。久削则技高，同学们骂我是怪球，不好接招。高一时，班上转来个借读生，是业校乒乓队的主力，他常抄我的作业，也教会了我大力扣杀。他还跟我说了一句话，让我很难忘：

"不光用手打，要用全身打，一扣就有千钧之力了。"

半年后,我已很少找到对手了。

但,我也说不上多么喜欢乒乓球。只是感谢它让我成了个健康人,身子虽还是颀瘦,四肢却是较为灵敏、有力的。有力得稍稍过分时,就嫌乒乓桌中间的网子阻挡了力气痛快地倾泻出去,憋得慌。

· 2 ·

大学的新六舍,是我们进校才建好的,共六层,四、五、六层住了全校的女生,下边则是同年级、不同系的男同学,历史系在第三层。长长走道中,依次是哲学、中文、历史、数学。

三层和四层之间,无任何阻隔,只有夏天会贴出一张纸,上有娟娟楷书:"天热,男同学止步。"

我们寝室八个人,排年龄我是第七,被称为老七。偶尔，女生的内衣会飘到我们的窗台上。老鲁就把它们折叠好，正正衣冠，梳梳头发，捧了，轻手轻脚送回楼上。以为会有啥故事，然而没有，依旧河清海晏的。

但老鲁回来，总不忘告诉我："老七，我留意替你看过了，太漂亮的，人家看不起你；太一般的，你看不上人家。"

"为啥只提漂亮呢？"

"好吧，换句话说，太聪明的，看不上你；太木的，你看不上她。"

"……"妈的，说得这么绝。

有个初夏夜，我在二教102晚自习，读一本夜郎史研究论文集。那个学期，正在上蒙默老师的西南民族史选修课，很喜欢。尤其是族源传说、民族迁徙，犹如古歌、史诗，颇为之着迷。我很例外地，记了半本读书笔记。

教室是安静的，但到10点以后，开始出现捂住嘴的呵欠声、咳嗽。有人出去上厕所，闲走，抽根烟。我也走到了教室外的平台上。很多人靠着石砌栏杆在说话，像剧院的中场休息。我就再往外走，下边有个灯光篮球场，环了水泥的阶梯看台。我坐下来，点燃一根锦竹牌香烟。没有灯光，蟋蟀在草丛中叫。上边靠右的看台上，也坐了个抽烟的人，穿白衬衣，是个女生。

天上开始飘小雨。我抽完烟，起身离开，她把我叫住了。

"喂，你不是个书呆子吧，同学？"声音略沙，但不沧桑，听起来年龄跟我差不多。

"我……"我不晓得咋回答。

"你是不是很内向啊?"

"我……"

"你在读什么书呢?好像很专注。"

我如实、简略地说了说。

"这就会让你着迷吗?为什么?"

"……"

"多想一想。"她的声音忽然变得很和蔼。

"可能,就像是解谜语,越难越放不下……我也说不清。"

她默然了一会儿,不予评论。我觉得无趣,再次转身要走时,她说话了:

"我本来打算学数学,考虑到哲学是解决宇宙根本问题的,而数学是游戏,我从小到大,解数学题就跟玩游戏一样轻松,我就念了哲学系。很后悔。"

"遇到难题了?"

"是难题就好了。再难的题，都能找到解决的办法，得出唯一正确的答案。可你看那帮搞哲学的，高等数学吃零蛋，还号称百家争鸣，实在是狗屁不通。"

"狗屁不通？太过分了吧。"

"是客气了。所有学问，只要缺乏数学般精确的标准，就是闹闹嚷嚷的游戏，而且是低级的游戏。"

"庄子也不懂数学吧？可他很伟大。"

"你谈什么庄子。庄子说，一尺之棰，日取其半，万世不竭。他不是数学家，可懂得数学的思维。极限原理，听说过吗？"

我从脑子里搜到一个人名。"萨特，了不起的哲学家，是吧？可他也不懂数学。"

"萨特死了，才不久。"

我一片茫然。

"可你并不难过？"

"抱歉，我只听说过萨特，从没读过他一本书。"

"太肤浅了。他不懂数学，可他懂文学，写了很多小说，用来阐释他的哲学，还获得过诺贝尔文学奖。"

我突然涌起一股恶意。"这种小说，我不屑读。用来阐释哲学的小说，只能是二流的，跟科普文章差不多。"

"你！"

从她气得发抖的声音里，我感觉终于出了一口气。

"哈哈哈！"我笑了几声，扔了烟头，车过身。

"站住。你叫什么名字？"她厉声道，也扔了烟头，再一脚踩上，蹭了几蹭。

我颇为不乐，随口编了个名字："贾发财。"

"好名字啊，寄托着你家祖辈的愿望。"她说着，把手伸出去，仿佛要接住什么小东西，"我叫叶雨天。"

"无穷的雨点子，就像无穷的数字……适合你。"

"知道我数学为啥那么好？"

"……"我当然不知道。

"我爸爸是一家报纸的美编，工作是画插图、刊头、题花，连署名权都没有。可他认定自己是画家，而且相当不平凡。星期天，他要么骑车到郊外去写生，要么窝在阁楼上从早画到黑。画了很多，花鸟、山水、工笔、写意、大泼墨，斗方小品、丈二巨幅，堆了半房子……不过，没人买。出画册、办画展，也没有他的份。好在他有份工资，妈妈是军医，外科一把刀，不然，全家早都饿死了。"

"你……怎么评价他的画？"

"我相信爸爸有天赋，不，他就是个天才。"

她深吸了一口气,再徐徐吐出来,"可我相信有什么用?就连我妈妈也不信。"

"时间会给出一个证明吧?"我用半是宽慰半是商量的语气说。

"时间遗忘的人,要比记住的人,多无数、无数。不然,二十四史都要挤爆了。对不对?"

我有点犹豫地点点头。

"所以,我爸爸鼓励我做个数学家,是庸才还是天才,无须等待,不证自明。可是……我自作聪明,辜负了我爸爸。"说着,她声音变得有一点严厉,"你怎么想的呢,贾发财?"

我支吾着咕哝了两句,自己也不明白说了啥。

她很失望地冲我挥挥手。"你走吧。"

我松口气,立刻走掉了。

她是否漂亮呢?没看清。是否聪明?这是肯

定的。

后来在校园里,我很久没再看见她,看见了可能也认不出。

· 3 ·

那些年,本校学生只有3000多,树木比人还要多上几十倍,时常见树不见人。湖边、邮局门外、工会大院里,各有几块菜畦,春天油菜花,夏天丝瓜花、黄瓜花,秋天收茄子和番茄。南墙内,还有两座砖窑,烧窑、开窑,一派古风。南墙外,则是沟渠纵横的田野,一眼望不到尽头。

倘不放坝坝电影,不办舞会,诗人也不来做讲座,真有一日当一年的静。

《神秘的大佛》放映后,学校很是热闹了一阵子。开始有人谈武术，暑假旅游，就去乐山、峨眉访高人。《少林寺》出来就更热闹了，九眼桥那边的星桥电影院，放通宵场都搞不赢，学生潮水般涌了去，看了又看。中文系男生就拿麻袋装了沙子、泥巴或者豆子、糠皮，吊在门框上，半夜还在练击拳、飞腿，并发出猛禽般的长啸！老鲁睡不着，心烦，就起床走过去，抓住沙袋，一发力，撕出条口子。沙子流到地上，堆成了圆锥体。沙袋主人大怒，刚想骂，又忍了回去。

老鲁身高1米62，但十分敦笃，肩上、臂上肌肉鼓起来，是很吓人的。他是湖南怀化人，从前做过石匠，在湘西、川东浪荡过七年，已结婚，等毕业就要孩子。我们那几届学生，年龄差距在八九岁很常见，应届高中毕业的没几个。老鲁只争朝夕，除了苦读，还加入了十驾史学社、锦江文学社、锦江话剧社。又去校网球队报了名，教练摇头，但耐不住老鲁苦求，答应让他试一试，刚跑动了几步，他就啪地摔倒了！教练说，你很有气力，但不是这个料。老鲁问，为什么？教练笑而不谈，说，去举重队吧，那儿更合适。他就去了校举重队，却又被拒绝了，理由是，你肌肉虽多，却是死肌肉。老鲁不懂，要问一个明白。

举重教练是从省体工队退役的，曾获得过76公斤级别全国第三名。他就捡了根青竹竿在手上，弯成一个圈，一放，嗖地风声一响！又弹成了一条线。他说，老鲁，你的肌肉是石头、钢钎，硬度好，但缺的是竹子的弹性。死了心吧。

老鲁只好悻悻而回。室友们听了转述，有的若有所悟，有的却骂那教练瞎咋呼，欠打！

说到"打"，大家都看了眼老王。

老王本名王大卫，二十五六岁，高个子，国字脸，敦实，头发三七分，颇有书卷气。他填写的籍贯是广东，而父母是印尼归国的华侨，他小时候独自在香港生活过几年，还有个女朋友，据说相当漂亮，正在武大念图书馆专业。他普通话说得不错，性格则像老成都，有空就去望江楼下泡茶铺，很结交了些吃茶的、掺茶的、卖香烟瓜子的、掏耳朵的，还有讨口的、行骗的，记了好几本笔记。我每天晨跑一次，他早晚要跑两次。我喜读野史，他也读野史，但还搜求稗官巷谈。我比较独善其身，他是要兼济天下，这一点，又颇像理想中的山东人。

食堂吃饭排长队，他常站在一边，把插队的男生一个个硬拉出来。有个男生偏不服，一拳打去，他也一拳相迎，拳打拳！那男生"妈呀"一声，几乎就要瘫倒了。

我们纷纷夸老王了不起，问他咋不参加学校武术队。老王说："我略会点儿西洋拳，武术完全是外行。"原来两者不是一回事。那区别在哪儿呢？"武术是中国的传统，西洋拳嘛……呵呵，就是西洋拳。"老鲁问他是不是跟香港人学的。

老王歪了下嘴角，笑笑。"跟香港人能够学什么？"

老鲁和我就动了个坏念头，跑去跟举重队教练透露，老王说搞举重的人，个个都是死肌肉，是不是活肌肉，打一架才晓得。

那教练听了，十分冒火。他30出头，也还年轻，血气未泯，就叫我们去约老王，打一架论肌肉。老鲁看着我，我说，老王最照顾别人的自尊心，从不跟门外汉动手。教练明知是激将，却受不得激将，就挑下午5点老王在田径道上跑步时，把他拦住了。

老王结实得像一棵杨树，教练魁梧得像一座铁塔。

百十号学生立刻围成了一个圈，吆喝着："友好切磋，点到为止！越打越亲热！"

老王晓得自己被室友算计了，倒也不辩解，大方道："我们就算给同学们解闷吧。"

圈子很自然地移到了足球场中心，露出一块青中泛黄的草坪。正是初冬，适合厮杀，熬炼气力。

教练一拳头打向老王的胸口。老王噗地朝后倒下去，这一倒，其实是避让，还在草尖上滑了几步远。但他立刻跳起来，几乎是飞到了教练的身后，连出两拳，一拳打臀部，一拳打大腿。教练一软，竟跪了下去。

老王停了两秒，跑过去双手扶起教练。教练大叫一声,把老王横抱了起来,高高举起!然后轻轻放了下来。围观者掌声雷动。此后两人成了朋友,差不多是刎颈之交了……此是后话,且按下不表。

我就请教老王,他打败教练凭的是什么。老王说,没打败,是平手。我说,好吧,那你咋把他打来跪下的?老王说,力气大,动作快。

我就请老王教我西洋拳。老王说,你乒乓打得好好的嘛,乒乓是国球。我说,因为是国球,高手太多了,我只能算个三脚猫。老王点点头,以示理解,但又摇头,诚恳道,我那点儿本事不够教。倒是有个好朋友,带徒弟是绰绰有余的,但他不会教。

我赶紧问那个人是谁。"我去程门立雪嘛。"

老王哈哈笑。"他倒的确是姓程。不过,你就是跪雪也白跪。他谁也不收。"

· 4 ·

临近期末考试,天气又冷了许多,偶尔有雨夹雪飘落,天空灰蒙蒙。这也是学生最焦躁的日子,只盼早点熬过去,轻松过春节。但,又想时间再慢点,临考前把笔记复习得烂熟。活像卖炭翁,可怜身上衣正单,心忧炭贱愿天寒。

食堂的气氛也是压抑的,大家都穿了臃肿的棉衣,人群仿佛扩充了一倍,拥挤得像是火车站。插队的人更多了,老王依然一个个拉,动作不慌不忙,两手像是无数的手。

突然,啪!清脆一响,老王脸上挨了一耳光。我们都听到了,食堂里一下子安静了。

打人者是个精悍的男生,穿了件军大衣,他出手之后敏捷地后退着,并把大衣脱下来,扔到一边,露出蓝色运动装,胸前印着"武术队"。

他年龄跟我差不多,但发际线高,略微显秃,而鼻子又尖,这使他看起来犹如鹰隼,英俊、冷冽。还有个漂亮的下巴,长着淡淡的青胡子。

要在平日,早有人喝彩、吆喝了,唯恐打得不闹热。但这会儿一片哑巴。队伍自动环绕了过来,不急于买饭;买到了饭的,则边吃边等着,有滋味、有耐心。老鲁小声跟我说:"是武术队的副队长,拿过两届冠军。肯定是来挑事的。""你咋晓得呢?""他们天文物理系在一食堂,这儿是二食堂,饭票都不同。""妈的,是个狠家伙。"

老王抹了下挨耳光的脸,说:"你下手也太狠了嘛。"

副队长笑道:"你嘲讽武术是花架子,只是想让你尝一尝,痛不痛?"

"我啥时嘲讽过?"

"你还说,西洋拳才是真功夫,打武术落花流水。"

"我没说过。"

"说了就不要赖。"副队长朝边上看了看。

替他抱军大衣的胖子就张开嘴,露出两颗大门牙,直吼:"我亲耳听见他说的!狂得很!"这人姓鲍,30来岁,是北郊天回镇人,电大生,写过很多诗,常窜到本校各系蹭课,跟人称兄道弟的,我们叫他鲍叔牙,私下称他鲍门牙。

老王叹口气:"好吧,我错了,你把我打痛了。"他转身就走。

"不,"副队长否决了他,"刚才我是不宣而战，不算。也给你道个歉。现在我们来比画几下，也算给同学们解闷吧。"说着，双臂一张，摆了个架势。

终于，沉默的人群喧哗了起来。那是个经典的架势，我们都在《少林寺》里看得烂熟了。

老王说了个"好"。他本已转身，这个"好"声还没落地，突然就是一拳！副队长朝后飞出去，跌翻了。

我就站在旁边，却根本没反应过来，实在太快了。又以为副队长是故意的，然而，他不是。

老王一手握拳，一手指着副队长，喊着："一、二、三……"

副队长挣扎了几下，还是没有爬起来。鲍门牙呜呜地哭了，把大衣一把扔在他身上。

老王数完了十，去窗口买了一小盆烩面，又加了份蒜苗回锅肉。

我没有为老王鼓掌。心里是该为他高兴的，却又说不出来地灰心。

过了几天，我又去打乒乓了。乒乓球，轻而又薄，再怎么扣杀，它也不会破。运气好，它飞出去，又飞回来，在桌上"乒！"地一跳，十分好看。

老王也不提拳脚上的事。他依然故我，没课就泡茶铺、图书馆、博物馆，还把皇城坝、后子门、少城里的几十条小街小巷，都逛得可以如数家珍了。一拳打翻副队长的事，似乎就算过去了，然而不是的。当他从中文系门口经过时，打沙袋的健儿们，会把猛禽般的长啸，变为黄鹂般的轻声鸣啭，并目送他远去。老王脑后长眼，看在眼里，嘴上不说，心里还是惬意的。

而老鲁已在话剧《抓壮丁》的彩排中，扮演了一回潘驼背，被定为B角，以备不时之需。室友们为他抱屈，他却说，过了回戏瘾，够了。他又在锦江文学社的杂志上，发表了回忆石匠生涯的小说《伤口》。室友们读了，叹息一回，说不比《伤痕》差，可惜晚写了两三年。

第 2 章

鹤 鸣

· 5 ·

大三的春天，大学生运动会的选拔赛正在筹备中。室友们都鼓励老王参加拳击。

老王摇头，说没有兴趣。但我们说得多了，他改了口，答应考虑考虑。

过了几天，他从箱底翻出一双旧的红色拳击手套，挂在蚊帐钩上，很让人惊骇，仿佛挂了一双血肿的大手。

他比从前提前了半小时起床,摘下拳击手套,拉门而去。

老鲁忍不住,跟踪了一个早晨,回来告诉我们,老王在文史楼后边的杏子林中,时而蹦跳,时而飞快地滑动步子,猛一拳打在树干上!比打副队长还狠十倍,真是"芳草鲜美,落英缤纷"啊。老鲁又没忍住,热烈鼓掌。老王就把食指在嘴上一竖,嘱他:"不足为外人道也。"老鲁点头如捣蒜,一回寝室就啥都跟我们说了。

一个星期天傍晚,我在家跟父母吃了晚饭,坐公交车返校。

我家在明蜀藩王府故址北边的后子门,是一座机关的家属院。百来户人家,每家做父亲的,早上穿了中山装,提个人造革黑包包,捏个果酱瓶做的茶杯，去隔壁机关里上班。傍晚，再提着包包和茶杯走回来，包里多了份《参考消息》，白天没看够，晚饭后再看。顾家的男人，顺路还买把打折的菠菜、莴笋，提在手上，一甩一甩，脸上有舒展的笑。我父亲是他们中的一个，不过，他不买菜。他左手有时会提一把黑伞，手表则一直戴在右腕，走路时略微走神，可能在思考午休时没下完的残棋。我们一家都吃食堂，父亲吃机关食堂，我吃学校食堂，母亲在物资公司做会计，吃公司食堂，比我小9岁的两个双胞胎弟弟在公司隔壁念小学，跟着她一起吃。

我高二时，父亲调到金沙江畔、紧靠云南的渡口市工作，说是干部轮换，为期两年，结果现在也没有回来。

全家人难得聚拢了吃顿饭。吃饭，也是安静

的，多是咀嚼声、碗筷的碰撞声。我童年被寄养在别处，与家人少有合适的话说。两个弟弟长得并不像，近似南瓜和丝瓜的区别，但都爱唱、爱跳、爱打架，属于手不停、脚不住的捣蛋鬼。不过，有我在，他俩都难得吭一声，只偷偷翻眼皮瞟下我。对他俩，我没打过、没骂过，感觉很无趣。父亲调走后，母亲星期天就带弟弟们回外婆家吃饭。外婆儿孙成堆，开饭要摆两桌，闹热得很。而我怕闹热，能不去就不去。家也难得回一趟，寒暑假除了做田野调查，多半时间也住校，吃食堂，读闲书。

这一次，是父亲回成都出差，我回家吃了顿团圆饭。父亲别无多话，送了我两个渡口的大石榴，送了俩弟弟一人一本《鲁滨孙漂流记》、少儿版《西游记》。他俩似乎都想跟我换，但没敢说。

我在九眼桥下了公交车，天已飘雨，幸喜不大，就顶了雨疾走回寝室。

学校今晚停电，寝室空空的，又黑又冷，室友不晓得跑哪儿耍去了。我放了石榴，摸到半根蜡烛点燃，泡了杯茉莉花茶，就着一点烛光，读陆游的《老学庵笔记》。读到"'夜凉疑有雨，院静似无僧'，潘逍遥诗也"，门嘎吱一响。我没理会，继续把那段文字念了两遍，心静了下来。继而听到了呼吸声和窗外的雨声，一抬头，老王站在桌前，定定地看我。

他身上有酒气，眼睛在蜡烛的弱光里，一片茫然。这是从未有过的。

"老王？"

"老七。"他指了指自己的脸。

我看不清，举起蜡烛凑近去，他左边颧骨上一大块瘀青。"打架了？"

"被打了。"

"好狠……拳头?铁棍子?"

"是脚。"

"脚?"

"光脚板。"

"输赢如何?"

"哪有输赢,我挨了一脚,躺了十分钟才爬起来。"

"他是谁?就是你说的可以教我的人?"

"是他。"

"做什么的?"

"人民公园鹤鸣茶社的幺师。"

"一个掺茶的,咋这么厉害啊?"

"年轻时候,做过四川军阀杨森的保镖。"

"我要去拜他为师。他姓程是不是?"

"他要收徒，我早就拜了。死了心，打你的国球吧。"

老王看见石榴，也不问来历，掰开了，大把抠了丢进嘴里去，用力地咀嚼。石榴是渡口特产，暴热、干旱的河谷天气，使之壮若牛头，且甘甜多汁。老王吃了几口，又抓一把放在烛光下看看，石榴米像半透明的红宝石，晶晶闪耀，也冷冽，又赤热。他叹了口气，默然爬上上铺，平躺了下来。

"他为啥要打你呢？"

"是我恳求他打的，如果我能挡得住三下，就去参加拳击赛。结果，他一脚就把我踢醒了。"说罢，老王放下了蚊帐。

我忽然想起啥，赶紧追问一句："他操的武术还是西洋拳啊？"

老王没吭声，睡了。

· 6 ·

这事就算过去了。除了我,没人晓得老王为啥弃赛,还把拳击手套收回了箱底。他一句也不解释。

过段时间,我发现他迷上了川菜。不是吃,是烹调。周末他去骡马市的荣乐园打工,先是洗碗、洗菜,后来是做墩子,刀工渐熟,还试着上了几回灶。于是很得意,回来跟我们吹,他最拿手的是麻婆豆腐、宫保鸡丁、水煮鱼泡泡。我问他,学来做啥呢?他说,女朋友去年已考取公派留学,正在纽大读硕,他过两年也是要去的,有了这门手艺,可去川菜馆打下手,吃饭不成问题。我说,你家也还算殷实吧,何愁这几个碎银子?他叹口气,反问道,毕业就已30了,饭钱还不能自己挣,很可悲是不是?

我深以为然。其时,我也悄悄在高考补习班讲课了。地址在八里庄的地质学院内,每周四节课,每节课两元钱,而青年工人的月工资才29块8毛。虽路途遥远,要转两趟公交车,但已颇感滋润了。头个月领了钱,我请老王、老鲁在三洞桥的带江草堂吃了顿邹鲢鱼,是仔鲢红烧的。还筛了十大碗散装冻啤酒。

这儿已近西郊,再走几步,就是漠漠田畴了。一里外,隆起一座草木蓊郁的大土堆,是前蜀皇帝王建的墓,墓园内有个文管所。

老鲁说:"我志气不大,今后能把老婆接来,安家成都,在这墓下做个管理员,知足了。论力气,我是有的,抱石像、扛石碑,都不是问题。"

老王笑道:"力能扛碑,这志气还不大!除了项羽,就是飂贠,还有你。"

老鲁呵呵一笑,干了一碗酒。老王夹了半条仔鲢,仔细嚼了,徐徐吞下,感叹道:"成都也算南国古都、人文胜地，论作家，巴金最为著名，读他的小说，却找不到这种好吃的味道。《家》的故事，放在哪座城市都可以。"

"李劼人就不同，他的《死水微澜》就胜于《家》，茶铺、酒馆、烟馆五毒俱全，黑帮、戏子、婊子都是地道的成都味。"我说。

"可惜李劼人只写到了晚清，民国几十年就还是个空白。"老王说。

"你来写。"老鲁朝着老王，端起酒碗。

"好嘛，我想写本《茶铺：成都社会各阶层的分析》，不是小说……我不会乱编。"老王哈哈笑。

"你都要去美国了，说起耍啊。"老鲁说。

"肤浅……"老王指着老鲁笑而摇头。

我们三只碗一碰。老鲁冲我说："老七你免谈志向。20岁，也是挣钱的人了，去银行开个存折，耍个女朋友吧。"我本想自嘲两句，却没找到合适的俏皮话，只好诚恳地点头。

吃好出来，老王去荣乐园打工，老鲁去王建墓摸底。我无聊，闲逛着，从同仁路穿过窄巷子，经过长顺街，不觉走到了祠堂街。祠堂街得名，是从前有过一座年羹尧的生祠。生祠故址的对面，就是人民公园了。

买5分钱门票，进公园，跨过石拱桥，是一条梧桐林荫道。道左有片湖水，临湖是座小岛，鹤鸣茶社就在小岛上。

一件已放下的事，这会儿又浮了上来。

· 7 ·

这家茶社，我5岁就随爷爷来喝茶了。

10岁前，我寄养在红照壁街的爷爷、婆婆家，距人民公园只有十几分钟的路，经南灯巷、忠孝巷、陕西街，跨过半边桥，就到公园的后门了。

半边桥下，是绕进公园又绕出来的金河水。清朝时候，桥上砌有一道墙，把大城和少城隔离开了。少城是城中城，乃满蒙八旗驻兵之地，长官即成都将军，等级略似今天的军区司令员。至今公交车线路上有一站，叫作将军衙门，即其办公的旧址。

明蜀藩王府位于大城的腹心，曾巍巍然如紫禁城。张献忠入蜀，把藩王府烧成了一副骨架架。清朝将就骨架，建了一座贡院，民间称之为皇城。环绕皇城的两条小河，叫御河和金河。

皇城大门往南一里外，耸立了一堵巨大的红照壁。爷爷、婆婆的家，就在红照壁街的一个大杂院。院子里有两口井，水黑油油的，用竹竿提一桶水上来，则无色透亮，宛如是一只空桶。

人民公园的前身为少城公园，是末代成都将军玉昆用菜园子改建的，很有年岁了。爷爷是省建二公司的玻璃匠，长期在外盖楼房，回家探亲时，总爱带了我去鹤鸣茶社喝碗茶。

茶社有一二百张矮桌竹椅，柳树环绕，紫藤当头。隔湖望过去，是一座逶迤小山。沿山脊线登到顶，可俯瞰半个城区，参差十万人家，皆是青砖瓦屋。倘在傍晚，瓦缝中就有炊烟飘出来，淡入暗蓝的天空。

茶是三级茉莉花茶，简称三花，5分钱一碗。盖碗分茶盖、茶碗和茶船，茶船是黄铜的，幺师挥手一撒，桌上宛如开了朵朵黄花。茶壶也是黄铜的，一股水箭遥遥射入，茶叶在碗底旋转着，一滴也不溅出来。爷爷拿盖子擀擀茶水，再舀一盖递给我。

我就在他手上,把这一盏茶喝了。爷爷喝道:"慢点儿,看烫!"我喝得傻乎乎笑。茉莉花的香气,压过了茶味,闻着比喝下去还要安逸些。

有些茶碗摔碎过,又被铜钉钉好了,留下裂痕和钉子,别有错杂的趣味。

还有一个耍小把戏的人,我一直还记得。他三十几岁,头发很光生,白皙的脸,眉目也秀气,布鞋,扎了绑腿的灯笼裤,提只竹篮,依次走到每位茶客跟前,先鞠个躬,啪!腿一提,笔直,高过头顶。再从篮里摸出根小竹棍,拿牙咬稳了,棍上站只空酒瓶,下巴一扬!酒瓶翻了个个儿,又站在棍子上。随后,收好家什,再鞠个躬。爷爷就摸出两分硬币递过去,他收了,客气一笑。

如若茶客不赏钱,他就很有耐心地从头演一回,甚或再一回,直到对方掏口袋。

我问爷爷:"他是谁啊?"爷爷摸摸刮得精光的下巴,茫然道:"搞不醒豁。"

每次去,他都在。

今天我去,才走到茶社门口,就一眼看见他刚把腿提了起来。

腿却没提直,离头顶还差了一小截。他该有50岁了吧。

· 8 ·

他见老了。但样子比从前更为突出了,黑色灯笼裤换成了金黄色,鬓角白了,皱纹多了,动作迟缓了。酒瓶站在竹棍上已有点哆嗦,时不时得用手扶扶稳。这是个不该耍把戏的年龄了,却又还在耍把戏。每个老茶客，都已把他看作了茶社的一部分，茶老板、茶博士、幺师换了好几轮，他还在。偶尔没见他，客人就问："他病了呀？""他咋个会病呢！""肯定是去朋友家喝喜酒了嘛。"果不其然，最多小半天，他又提着篮子出现了。

我点了碗1毛钱的花茶，拖把竹椅坐下来，仔细把每个幺师都琢磨了一遍。没一个像是能一脚踢翻老王的高人。

倒是有个结实、利索的汉子，但看年龄不到40岁，不应该做过军阀的保镖。还有一个干瘦老者，颇带凶相，他掺茶时，我手指蘸了点水往他脸上一弹！他立刻手忙脚乱，开水溅了一桌，大骂："你搞×些啥子？"我连声道歉，继而自嘲地笑笑。

等耍小把戏的过来了，我就请他喝碗茶，歇口气，摆会儿龙门阵。

他很奇怪地看了我一眼,也拖把竹椅坐下来,但说不喝茶。

我说要向他打听一个人,漫不经心地,把老王描述的那位老年幺师转述了一番。

他点点头,表情甚为肯定。"我晓得这个人,姓程,是个狠货啊。"

这让我完全没想到,来得也太容易了。

我试探着问他,是大家都晓得呢,还是只有他晓得。

"只有我晓得。民国二十几年,我就在少城公园耍把戏了。杨森来鹤鸣吃过几回茶,他都是站在背后的。我提脚表演给杨森看,心头一慌,就栽了下去。他伸二指拇一抬,就把我又抬直了。"

我笑道,伸指一抬,就算厉害了?

他哼了哼。"他起码站了半丈远,手一伸,就到我下巴了。你说得松活,你来试下嘛!"

我说,那好吧,我信了。可咋个只有你晓得?你一说,人人皆知啊。

他更不高兴了。"我耍点儿小把戏,能在鹤鸣混40年的饭,靠啥子?嘴巴紧。"

我又笑了,嘴巴紧?你全都跟我说了啊。

他长叹了一口气。"是哦,啥子都说了,反正,他走了。"

我吃了一惊,他死了?

"走了,就是走了,你不要多想。"他摇摇头,又点了点头,"前阵子,有个大学生来找他耍,开始还是说说笑笑的,后来不晓得为啥,他扬起一脚,把小伙子踢了个八丈远!这就不得了,茶铺头的新闻,比马路新闻还要热闹一百倍,这一脚把他踢神了。记者来采访他,年轻人要拜师,过去的仇家恨不得咬他一块肉……咋个办？走。"

我摇头不信，这幺师少说也有70岁，还能躲到深山老林去？

"老弟，你也太年轻了……"他指了下湖面，"藏一滴水，就放它到水里。藏一个人，就放他在万人中……然而，可惜了。"

可惜啥呢？

"他是入得传的人。我要是有心，又有力，就该给他写本书。不是本纪、世家、列传，是别传。"

我呵呵笑，没想到他还懂得这么多。

"幼承庭训，《史记》是自小读过几遍的。你倒像个大学生，是修哪一科的呢？"

我有点心虚，不敢说历史，怕露怯，就随口答，哲学。

"哲学好，道可道，非常道……"说着，他慢慢起了身。

我赶紧递上5毛钱。

他收钱入篮子,又摸出了2毛钱找给我。"我今天废话太多了,啰里吧嗦,也没给你耍把戏,下次再补起。"

· 9 ·

我和老王单独在一起时,问他晓得不,程姓的老年幺师已走了。

他没有直接回答我。"他早就想走了,只是没找到一个合适的理由。"

我没有听明白,既然是早就想走了,那为啥没有走?

"人造出迟疑、犹豫这些词,就因为人总是迟疑不决、难以割舍的。一个人活了99岁，要死了，衰朽得像堆垃圾了，可还是舍不得死……为什么？生有所恋啊。"

我依然摇头，幺师的走，毕竟不是去死吧。

老王看着我，像看一个白痴。"一条鱼，离开游了一生的水域，这跟死有啥区别呢？你还不懂，老七。这件事，我们再不要提起了，放下吧。"为加重语气，他拍了拍我的肩。

我的确没有再提了。但，放下，这还很难说。

·10·

茂陵实习期间，我给老王、老鲁写过几封信。老鲁在王建墓文管所实习，私心毕业就在此工作。老王已考取了公派留美，秋后就要去哥大读硕，跟女朋友在纽约重聚、结婚。他实习选择了文庙前街的四中教高一历史，周边的饭馆、茶铺一间挨一间，且是地道的成都味，今后够他回忆半辈子。

我的信，老王的回复总是三言两语。

老鲁则闲，信写得比我还要勤。他问我，还记得鲍门牙不？鲍门牙通过广泛旁听，拜了两位老教授为恩师，已然入室弟子，且已被推荐到师专去兼职，教文化通论了。还有那位武术队副队长，大名夏晓冬，他倒是正经八百的天文物理系高材生，已撂了武术，去体育学院拜师学习西洋拳，据说，进展神速。

我对鲍门牙没兴趣。但西洋拳，又勾起了一番心事。我告诉他，这儿有一位退休返聘的谭公，每天清晨在陵园中打太极拳，丝毫不惧寒冷、风沙，想必也是位高人。

老鲁就说,那你赶紧拜师啊,反正你也没有女朋友,无须写情书,时间多的是。

我深以为然。

博物馆实习,比我想象的简单,但也更琐细。主要是给馆里的老师们打下手,配合清查库存文物,重新登记,编号归类,摘编相关历史资料,抄写若干卡片。而有的时候,则是搬砖,譬如院墙加固、修补缺口,或者砌个花台,等等。而花还没开,春寒未退,倒已有"一"字雁阵、"人"字雁阵,飞越秦岭北上,划过陵园的天空,款款往西伯利亚而去了。

陵园外有个小集市,我喜欢吃路边火炉现烤的大馍。炉子是汽油桶糊了黄泥改造的,一口铁锅一个馍,馍跟锅一般大,看看硬如铜盔,咬一口,绵柔、耐嚼，还有回甜。成都平原的阴天多，面粉就缺这一点味道。中午，我切了半斤馍，提到面馆，叫了一碗羊肉汤，就着门口小桌，吃了起来。稍后，对面又坐下个老者，正是谭公。

门外两棵大杨树，已长出些嫩叶，颇有绿意了。

谭公吃的也是馍和汤，不过，是羊肉泡馍。他掰馍的动作仔细而利索，掰碎的馍均匀如豆，让我很是佩服。我吃过一回，把馍掰成几块就扔进碗里，不好吃，把汤也糟蹋了。

"你不像个成都人，急性子。"谭公笑眯眯说我，"成都人一碗盖碗茶从早喝到黑，喝急了，岂不把肚子胀爆了。"

我说，谭公，您对成都很熟啊。

"咱们念的同一所大学啊，校友嘛。"

我乐了，径直就把话引到了太极拳。我说，您拳打得可真好。

"何以见得好?"

慢而不滞,行云流水。我脑子里飞快地组词。

谭公呵呵笑了,抹了抹下巴。"谢谢,太极拳的确是好看。"

实战呢?我问。

"不好说。我在成都念书时,爱生病,没钱去华西坝看西医,就在九眼桥那边,水井街的中药铺子捡药吃。老中医说,药济得一时,济不了一世。就传了我这套拳,叮嘱要常练。我听话,拳是没一天断过。六十好几了,吃、睡都还不错,血压从来不偏高。至于能不能实战嘛,这倒是没想过。"

哦,我点了点头。他似乎看出我有一点失望。

"小伙子,电影看多了。拳打脚踢、舞枪弄棒,我不喜欢。逞强斗狠,更是有害了。譬如汉武帝,刘彻小儿,一辈子打仗,一辈子修陵。江山煌煌,而老百姓饭都吃不饱。茂陵集天下珍宝于一坑,却不知已被盗了好多回,匪来盗,兵来也盗,而今已是半个空城计……唉,说岔了,别听老头子啰嗦。"

我默然无语。半晌,才把话接上,问谭公,可还喜欢成都吗?

"喜欢啊。"谭公又乐了,"那时候我身子养好了,常去吃小馆子,坐茶铺,从望江楼到鹤鸣茶社,所有的茶铺我都泡过,赖汤圆、龙抄手、钟水饺、麻婆豆腐……我吃了该有几十样。读了《死水微澜》,还去沙河堡的菱窠拜访过李劼人先生呢。"

我也乐了,忙问,他老人家跟您说了什么呢?

"说的啥我也是忘了,只记得他说,年轻人胃口好，放开吃，莫辜负了这一城美食啊。李先生十二分书卷气，却没一分书呆子气，哈哈哈。"

我自然也笑了。又问，除了吃，您还喜欢什么呢？

"喜欢听饭馆、茶铺里三教九流的人摆玄龙门阵。成都人啊，真能吹壳子。"

我心思一动，又转了回来。试着问，可知道杨森有个姓程的保镖？

谭公并不迟疑，当即点头。"这个人，我知道。有一年少城公园摆擂台，打金章，他是总裁判。有个得银章的老兄不服气，被他拎起来，一把就扔到了湖中央。"

嚯！那您一定见过他动拳脚吧？

他却摇摇头。"不惜流血博取名誉的活动，我从不去看热闹。比古罗马的斗兽场还荒唐。我是听说的。"

我又默然无语了。谭公心细、体贴，怕我尴尬，又主动说起他听来的逸闻："姓程的保镖算是顶尖角色了，可还有两个人，他是服气的，一个是他的杨长官，一个是大慈寺的和尚，叫问海。"

问海，我心头莫名震了一下，是他的师父吗？

谭公又摇头。"不是。听说，那保镖的师父，是个韩国人，他学到的本事，今天就叫作跆拳道。问海禅师的道行，该是另一种路数吧。"

我呆呆地望着谭公，还想问些啥。谭公起身说："该走了。"

馍吃完了，汤喝干了，馆子空空的，只剩了我们两个人。

我们往陵园而去。午后还有些阳光，但一点也没暖意。四月的风刮地而来，扬起一阵一阵沙尘。

尘影渺渺,蓦然涌上岑参的诗:

        秋色从西来,苍然满关中。

        五陵北原上,万古青蒙蒙。

第八章

禅门问海

· 11 ·

我结束茂陵的实习,回到成都,分散各处实习的室友也陆续归了窝。

说到收获,有的说,很多啊;有的说,也没什么。我呢,自忖是有收获的,但又说不出是啥,就闭了嘴不说。老鲁也不说,一副心中有数的样子。

老王则问我,不谈收获,谈感受,茂陵可比马王堆大了何止几百倍,老七这辈子铁了心研究古人吧?

我茫然摇头。"马王堆再小，是个梦；茂陵再大，也是一堆土。一辈子的事，我想不清，只想过两天买架凤凰牌自行车，去把高考补习班的课续完，多挣几个钱，暑假出门玩，走远些。"

老鲁大笑。"你以为你还有暑假啊！"

五一期间，我翻出已定稿的毕业论文《论李昇》，工整誊抄一遍，还写了份实习报告。过了节，去文史楼一起提交了，周身有说不出的轻。轻如一把谷草。从黑洞洞的楼道走出来，阳光射得人眼睛花。就踱到湖边，在毛主席塑像前摸到把长椅，躺下来，睡了个死沉沉的觉。

老王不在四中上课了，但每天还是泡茶铺，做笔记。老鲁也依旧去王建墓，赖在那儿，做不拿工资的帮手。我跟补习班通了电话，答复说，代课老师已上手，高考在即，临阵换将不得行。我怨不得人家。

晚上我跟老鲁、老王说，看你们每天忙碌，我好嫉妒，觉得自己闲得慌，没出息。

"耍女朋友啊！说了好多回。可惜我没有资格了。老王也还有机会，在美国，人是说变就变的。"老鲁说。

"肤浅。"老王笑。

"我想写一部别传。"我说。

"给谁写？就写我和老王吧，我们的故事够写两本书。别学司马迁，净写些死人。"老鲁说。

"我不写死人，但至少要写老年人，70岁以上。"

"哦，已确定传主了，谁？"

"大慈寺问海禅师。"

老鲁、老王面面相觑。

"你晓得这位禅师吧？"我问老鲁。

"晓不得。大慈寺在哪儿？"

老王也说他知道大慈寺，但从来没去过。

"你看，这有什么值得写的呢？"老鲁笑了。

"这就更值得写了。"我说，似乎是赌气，"《史记》里的多数人，是司马迁写了才被记住的。我不写《论李昪》，你晓得李昪是哪个？"

"是李煜的爷爷、南唐的开国之君，小时候是弃儿……"老鲁说。

"算了，你是看了我的草稿才晓得的。"

老鲁大笑。我说："我明天就着手去打听，大海捞针，也要把他找出来。"

"问海，果然有禅意。"老鲁说，看了眼老王。

老王说："河有河伯，海有海神，问，总是会有回应的。何必明天呢，今晚就可以去隔壁问柱哥。"

· 12 ·

柱哥全名梁玉柱,人瘦,双目炯炯,生于1954年,世代成都人,祖宅城守东大街49号,是座栽花、养鱼的私家小院落。他念大学前,做过细木匠,会拉琴,还写有若干诗歌和小说,是个才子。也颇有名士、游侠气,常骑一架老牌自行车,时而大校门进来,时而左侧门出去,行踪比较飘忽。虽然在宿舍有床位,但他在校外,还有另一个江湖。他的空床上,除了被子,还放了两摞旧书、一把二胡。

我住家的后子门家属院,位于城中心偏北。柱哥住家的城守东大街则偏东。顺东而行,是老东门大桥;而略朝东北走,就到了大慈寺。柱哥每提大慈寺,必念"太慈寺",地道老成都口音,也很符合古法。泰山,古书上写为"大山",念"太山"。太者，大中之大也。东汉的《张迁碑》《石门颂》，凡有"太守"，均写为"大守"。论学问，柱哥比我好，也更像个修历史的人。我早想跟他多讨教，可惜他常不在。

然而今晚运气好，他在。我进门时，他正在泡脚，读小册子，笑骂："锤子哦，乱写。"是某老师关于刘文彩庄园的专著。

听我问问海禅师，他好奇，反问我："是个高僧？"

我如实把由来说了一番，他着实点点头。"倒还值得寻访……不过，很难。大慈寺好多年都不做寺庙了，只是个空壳，还俗的和尚恐怕都该抱孙孙了。"

我说，柱哥真会说笑啊……因为难，所以才请你帮忙嘛。

他略想了想。"我有个小学同学，家住镗钯

街,楼上睡觉,楼下开茶铺,一台老虎灶、两把铜壶、七张小桌、二十八把竹椅子,过得很滋润。他即便不晓得,他爸可能也晓得。"

我却很不解,镋钯街位于大慈寺以南,中间隔了起码六条街,有啥子关系呢?

"老七有所不知。大慈寺曾是天下最大的庙子,唐玄宗题的匾,唐宋两代,占地有千多亩,房屋8900间,跟故宫差不多大小。镋钯街,就是和尚当年练武的地方,镋钯、禅杖、铜锤、月牙铲、斧头、飞镖、刀、剑都存放在那儿。既是嘴巴念佛,又有霹雳手段,可见吃素的和尚,不是吃素的啊。"说到得意处,他补充了两声,"嘿、嘿。"

那,今天的大慈寺,又咋个那么小?

"物换星移,白衣苍狗……所以才会有历史系,培养我们做笨活路,专门来搞研究嘛。"他把脚提起来,仔细擦干净,"我尽快去打听,过两天就回话。"

我看着柱哥,佩服、感激之至。

但,情况起了点变化。柱哥的毕业论文指导老师说,他的《张之洞对近代四川教育之影响》很不错,再搜集些材料,充实完善,可推荐到学报上发表。柱哥淡泊,却不愿拂老师好意,就在新南门买了长途汽车票,赶往雅安的省档案馆去了。临行对我说:"老七,我七八天就回来,反正你也不忙嘛。"

我苦笑道,我是闲得忙,可否告知那位同学和茶铺的名字,我自己去拜访?

柱哥爽快,写了一行字:曹德旺,曹记茶铺。"报我的名字就行了,德旺是个老实人。"

· 13 ·

我去九眼桥搭乘公交车。桥头有个刚形成的二手货市场,旧的衣服、家具、收音机、自行车,堆了一路。我看一架永久牌自行车还可以,随口问好多钱。卖主说,60元。我没理,径直走。卖主在背后喊:"你说个价钱嘛。"我脚下不停,随口又说,30元。"你拿起走!"

这车是二八圈的,加重型,六成新,没铃铛,没锁,挡泥板上还溅满了泥浆,比崭新、铮亮的凤凰牌差远了。我从没想过要有这么一架车!但它只要30元啊。我付了钱,骑上去就走。

虽然笨重,又不好看,但结实、稳当。蹬了一程,逐渐就有了相当的信赖。

镋钯街是条小街，却有三四家茶铺，都没招牌。我草草扫一眼，即找对了哪家是曹记，店堂布置，跟柱哥说的一模一样。快到中午了，阳光落在门口，亮黄黄的。影子里坐了个大妈，太阳穴贴了块膏药，正在吃一大碗面，桌上还摆了碟拌了红油的泡萝卜。我就问德旺，她说不在，去蒙顶山收茶了。又问德旺的父亲，她说也去了，两爷子一起出的门。我叹口气。她说，年纪轻轻的，有啥子气好叹？我就道出柱哥，说明了来意。她变得客气许多，拿筷子敲敲碗边，说："稀客、稀客。我是德旺的妈，给你煮碗面吃嘛！"

我赶紧道谢、推辞，说改天再来拜访德旺和伯父。

"德旺哪晓得这些事。他爸是结巴，就是晓得也说不清。我是要上庙子的人，不过去的是文殊院。隔壁开旅馆的大爷，倒是可以问一下，他也信佛，小时候在大慈寺皈依的。"

我又忙不迭地道谢。

大爷的旅馆很小，几间一楼一底的旧铺板房打通而已，也没个像样的院子。但门口站了棵巍巍的泡桐，树叶阔绰，阳光徜徉于上，碧绿透亮，相当夺目。大爷瘦得像把砍柴刀，正坐在树下研究一只破鸟笼。他嘴里还咬着一管熄了火的黄铜叶子烟杆，桌上放了碗盖碗茶。

"你找对人了。"他说。

我说，全靠曹伯母引荐。他说："说引荐，就文绉绉了。你伯母信佛，我也信佛，和尚是侍候佛的人，这就是佛缘。对不对？"我说，对、对、对。他说："说一个对，就够了。说两个，就不诚。说三个，就假了。对不对？"我咋敢说不对，当即点头如捣蒜，说，对。他又说："难得你啊，年轻人有一片佛心……不过，烧香拜佛，也未必非得要进哪家的庙门。大慈寺的和尚不见了，宝光寺、报国寺的还在嘛，对不对？"我心头紧了下，迟疑着没回答。好在他话锋又是一转："不过，要见问海禅师嘛，说难也不难，亏了你找我，找对了。"

我赶紧看了眼曹伯母，感激地一笑。又问，听说问海禅师的武功造诣相当高，是不是真的？

大爷沉了脸，不高兴。"我看一个和尚，是看他经念得通不通，话说得在不在点子上。武功？就从没留心过。你《少林寺》看多了。"

我想分辩下，但没敢分辩，就默然不语。

大爷见我似有所愧，就撇开少林寺，接着说问海："大慈寺的和尚散了后，问海有个徒弟还了俗，回松江老家务农，把他老人家也接了去。住了几年,到底住不惯,又回来了。"

我说,是徒弟对他不好吗?

"咋不好?好得很,像个尽心尽力的孝子。我有五个儿子,就没一个有孝心,都盼我早点儿死,好分祖宗的房产……丧德!"他把烟点燃,深吸一口,吐出一泡痰,拿脚蹭了好几蹭。

我不敢接话。他重复了一遍:"问海住不惯,又回来了。"

我松口气,问大爷,那是吃得不够好?

"啥子话!松江是鱼米之乡,好吃好喝的,自古就不缺。"

那又为啥啊,出家人也思念故土吗?

"故土谈不上,出家人不问俗家事。"

我问啥都不对,索性不问了。

"他是想喝一碗盖碗茶啊……"大爷叹了一

口气。

我有点不信，但不敢说，只是赶紧问，在哪儿可以找到禅师呢？

大爷且不回答。他把烟杆在桌沿乒乒地敲，敲落烟锅巴，又端起盖碗茶，一手托碗，一手拈盖，擀了几擀，嘘口气，十分惬意。茶水黄亮亮的，漾着泡开的干茉莉。

我耐心地等。

"……糠市街……号。"

我没听清门牌号，也可能太急切，听清了也觉得没听清，赶忙掏出钢笔，伸出左手，凑上一步，想把它写在手掌心。好多号呢，大爷？

"啪——"一响，盖碗落在地上，砸成了几块。茶水从街沿溅到马路上，浓厚的茉莉香味腾起来，又撩人，又含怨。破鸟笼散了架，竹签子撒一地。

大爷指着我，手指头哆嗦。"你看你，你看你！"

我也在哆嗦，手脚无措。突然，曹伯母大吼："干啥子！"

两个小街娃正要对我的永久牌下手。可怜它，还连把锁都没有呢。我也吼了声："滚！"冲了过去。

街娃吓跑了。等我回过身来，大爷已进了旅馆。泡桐下，只有一泼残茶的痕迹。曹伯母嘴里念念叨叨着，把碎瓷片扫进了撮箕。

糠市街紧挨在大慈寺南边，一共有四条，南糠市街、北糠市街、东糠市街、西糠市街。临街铺板房成片，院落一个连一个，我不敢冒失去找，罢了。

· 14 ·

晚上我谈起这件事。老鲁说："知难而退吧。

留个悬念,今后写成演义,敷衍出若干故事来,比三顾茅庐还好看。"

我点点头,有道理。

老王则说:"所谓道理,也最没道理。老鲁的道理,不是你的道理。先要想清楚,你到底要什么?写别传、写小说,还是拜师呢?"

我也颇以为然。老王做事,从来是思路清晰,要做一事,必见成果。然而,如他所说,他的道理,却未必是我的道理吧。

我要什么?我什么都想要。太贪了,自己也吓了一跳,不敢说出口。

· 15 ·

吃过早饭,老鲁赶去王建墓上班,老王去茶铺做调查，我则把自行车推到了工会大院外的修车铺。修车匠问了车价，笑道："同学，你买了贼货了。"我吓了一跳，咋办呢？"咋办？凉拌。"他幸灾乐祸说了句俏皮话，吹着口哨，替我加了崭新的锁、铃铛。还拿毛茸茸的大手在座墩上一拍，着实赞道："好车。丑是丑点儿，经得用。农民赶场，用它载300斤肥猪都压不垮。才30元！"

我忐忑骑过了九眼桥，心情才慢慢转好了。

九眼桥始建于明朝天启年间，下边压了九个洞，上面是个很高的弓背。从前的学生考这所大学，天不亮坐黄包车过桥，专门有人等在桥头，嚷着："考上！考上！犒赏！"猛地把车子推上去，考生赶紧把赏钱塞过来。

而今，弓背只过汽车了，行人、自行车则走两边加设的辅道。

昨夜下过雨，锦江的水涨了起来，盛满河床，颇像是流动的湖泊。桥洞边有人撒网，有人甩白竿，不时有大鱼出水，鳞光闪闪。教五代史的老师说，前蜀皇帝王建曾在这儿检阅过舰队，春风十里，千船竞发……可惜也只能想想了。

过了九眼桥，又过了东门大桥，我骑进老城区，折而向北，径直朝大慈寺而去。

上一次来大慈寺，还是刚念初一的10月。为了备战，给解放军造子弹，全民都发动起来收集废钢铁。我和几个男生推着两轮的平板车，合法逃课，嘻嘻哈哈，四处闲逛。穿过热闹的盐市口、春熙路，转了几转，突然就到了个僻静的地方，时近正午，静而又静，连蝉子都哑巴了。木头房子紧挨在马路两边，泡桐是浓密的，日光也很强烈，影子却短到了没有,活像午夜森森。我们都有点发憷,谁也不再吱声。再走,又发现几条小街,射线般汇聚到一座巍巍山门前,形成一大块空坝。

山门是紧闭的,墙上有鲜红的标语,空坝晒得发烫,偏偏释放着寒意。

"日怪,"有个男生怯怯说,"这是哪儿哦?"

"大慈寺。"班长见过点世面。

"咋不见和尚呢?"

"早就撵起跑了。"

"为啥子?"

还没人回答,突然就被一阵嘹亮的小号声冲断了。

隔着空坝,我们看见对面树荫下,一位高个子青年举着小号,旁若无人地吹奏着。吹的是《闪闪的红星》主题曲,英武、骄傲,非常不平凡。

一只黑公鸡踱过来,立在他脚跟前,也伸长了脖子听。

吹完了,他退到更深的树荫里,不见了。黑公鸡脖子一梗,喔、喔、喔叫了起来!我们面面相觑,揉揉眼睛,好像是眼花了。"日怪。"起初那个男生又在咕哝了,但没人接他的话。

自那以后,我偶尔想起大慈寺,就像想起荒凉的海滩。

今天再来,时间已过九年了。

· 16 ·

大慈寺的山门依旧紧闭着。

和尚散了已多年,寺庙移作了他用,里边的人进出,都从后门走。后门朝北,门外是东风路。院墙西边是纱帽街,东边和尚街。南边,即紧闭的山门外,是北糠市街。

北糠市街和山门之间,那一块空坝子还在。

但空坝子已不空,成了热腾腾的菜市场,挤满了卖菜、卖肉、杀鸡宰鹅的农民。提着篮子的主妇、保姆络绎不绝,一旦停下脚讨价还价,立刻就堵成了一堆。后边人就喊:"走嘛!走嘛!走嘛!"

我冒冒失失把车推进来,衣领一圈都急湿了。我预想是从山门定方位,从北糠市街开始,一户户篦个遍,定要把问海禅师找出来。可进退两难,实在是失算了。

勉强走了百十步,眼前一座字库塔,两层砖砌,已破旧,半边被嵌在了民房中。塔下,有个剖黄鳝的汉子,两根指头去盆里夹起根黄鳝,甩成个弧形,在盆沿啪地一磕,朝钉子上一钉,小刀子自颈往下一拉，一泡黑血就叹息般淌了出来。啪！啪！啪！他飞快地甩着，就像在显自家的手段，滑腻的水沫溅在我裤子上，还有一滴血差点射中我的眼。我本能地推着车往后退，突然听到几声哦、哦、哦……我心口咚咚跳，以为碾到了小娃娃。

还好，是一只鹅带了两只小鹅在啃青菜叶。

刚松了口气，鹅贩子一把揪住车龙头，说小鹅的脚被碾瘸了，要赔。

我问赔多少，他说10块钱。我说，你太狠了嘛，1斤鹅肉还卖不到1块钱。他说，那你赔30块，把小鹅牵回家。我说，小鹅我不要，赔1块钱还是可以的。他满脸络腮胡子，拳大如碗，冲地上吐了一泡痰，说，呸！

这时候，我们已被看热闹的围得水泄不通了。有个老太婆尖叫："想不通就打一架嘛，莫耽误大家的时间。"

鹅贩子冷笑着看我,意思是,你说呢?我心一横,打就打,把车一提,想把它架起来。

这时候,剐黄鳝的汉子看不惯了,说,小鹅的脚脚,本就是瘸的,你不要欺负老实人。

鹅贩子大怒,骂:"管你×事。"一脚踩翻水盆,黄鳝满地乱窜。汉子也火了,握着小刀子就要捅过去……

一颗红色小球飞过来,正打在鹅贩子额头上!他哼都没哼,直挺挺地,仰天就倒了,发出沉闷而利索的一响。

整个市场突然安静了两秒钟,又突然大闹了起来,纷纷嚷着:"咋个了?!咋个了?!"

扶起鹅贩子,他已晕死了,脸上满是血红的汁浆,却不是血,是砸烂的番茄。可,番茄咋会有这么大的力?大家想不通,又纷纷嚷着:"日怪、日怪、日怪啊。"

没人站出来承认是他干的。

我算是高个子,站在那儿把四周都看了个遍,也没看到一点异样。

·17·

好容易从菜市场脱了身,我钻进糠市街十字口的一家小茶铺。四五张茶桌,多半摆在了铺子外。街沿上、街沿下,也都是卖菜、卖肉的,还有现做包子、馒头、酸辣粉的,有人买了站着吃,吃得鼻涕、口水一齐流。还有卖鸡蛋的,蛋都埋在两箩筐米糠中,谁要买自己伸手掏,好像永远掏不完。

马路被挤成了一条缝,阳光陡然大热,人人脸上都油汪汪。我连喝了两碗茶，赔个小心，递了根锦竹烟给茶老板，请教他，刚才番茄打翻鹅贩子的事，好稀奇，可能是啥子人干的呢？

老板是年轻小胖子，戴了副圆框眼镜，衬衣口袋别了两支钢笔，手抱一本繁体竖排的小说，要读不读，表情颇为冷淡。"不稀奇。人打堆堆的地方，飞番茄、飞鸡蛋、飞子弹，都算平常。"

我知难而进，再赔小心，又问，附近是否住了个问海老禅师？

"啥子问海？我只晓得海眼，就在大慈寺普贤菩萨的宝座下，从海眼可以通到东海的龙王殿……你信不信嘛！"他吐了口烟，眼睛望到一边去，若有所思。

我顺他的目光看过去，是个姑娘在买鸡蛋。

姑娘的年龄，该是个大三的学生，但不像在念书，胖胖的，高个子，一排刘海遮住了大额头。皮肤黑里透红，厚嘴唇，衬衣上印满了大朵的牡丹花，是北方乡下的丫头。她伸手在米糠中掏蛋时，眼珠发亮，嘴角漾着憨笑。再细看，却又不是笑，是鼻子略翘，嘴角微弯，天生的，即便嗔怒，也是带点笑意的。

我忽然骂自己很无聊，就把目光移开了。

"看打烂！"一声暴吼，把我一震。

是鸡蛋贩子在喝胖姑娘。她没竹篮、袋子、网兜，右手抓满了蔬菜，十几个鸡蛋只好摆在左手心，摞了三四层，成了颤巍巍的鸡蛋塔。

"要出事。"我说。"瓜女子有瓜福，出不了事的。"茶老板难得笑了笑。胖姑娘很是满足地抿了抿嘴，朝我们这边看了一眼，左手摊着鸡蛋，走了。

我觉得有趣，又很是好奇，不觉就跟了过去。

一个农民骑了加重自行车,挂了两只沉甸甸的潲水桶,喝醉了似的,冲进小街里,边叫"得罪、得罪",边闪避着人群。千闪万闪,一闪失灵,迎头就朝胖姑娘撞上去……

我吓了一跳,本能地把她往路边一推!

这时候,肩上被人连拍了两下:"车不要了哦?"赶紧转身,是茶老板。猛地想起姑娘手上的鸡蛋,再转回去,潲水桶"呼!"地擦身而过,胖姑娘已没影子了。

我再次给茶老板递上一根烟,诚恳道,胖姑娘被我害惨了。

他用奇怪的眼光盯了我一下。

我说,她肯定是个小保姆,咋个跟主人家解释呢?

"解释啥子?"

那些鸡蛋啊,我说,十几个鸡蛋都打烂了。

"我从不管闲事,"他哼了哼,"你也少管。"

我说,晓得她住哪儿吗?我去跟她主人家解释……我可以替她赔。

"赔?你有好多钱,你连饭钱都还是爹妈给的吧?"

我气得想把兼课挣的钱掏出来,一把扔在他脸上。但他丝毫不惧,冷冰冰看着我。正僵着,有客人拍掌要加水,他提了茶壶就过去了。

我推车过了十字街口,人流渐少。骑上去,折向西糠市街,再从南纱帽街穿到城守东大街,这就离柱哥的家很近了。他说隔壁有家馆子叫香风味,青笋肉丁的价钱跟学生食堂一个样,两毛五,但味道更巴适。很顺利就找到了，点了一份，清炒的，空口就吃完了，抹抹嘴，又点一份加了豆瓣、酱油的，慢慢下饭吃。笋丁、肉丁切得很周正，厘米见方，笋丁脆脆的，肉丁有弹性，口感极为舒服。那为啥才跟食堂一个价？因为，笋多肉少。但小锅炒，火大，油旺，几铲子就上了盘子，有着食堂绝无的生鲜味。

我自从挣了点小钱，吃喝上对自己慷慨了许多，荤菜敢吃双份。6块4毛钱买一套《静静的顿河》，也只犹豫了两分钟。每天去喝一碗8分钱的茶，更不成问题，可惜我没老王的兴致。

吃好了，抹抹嘴出来，腆着肚子，似乎醉了饭，有轻度惬意的晕眩。我决计再去糠市街走一趟。找不到问海禅师，能见到胖姑娘也是好的。她胖乎乎的一只空手，很无辜地，老在我眼前浮出来。

· 18 ·

时间已在正午偏后，糠市街忽然变了个脸，九年前的静又回来了。小贩们躲进树荫打瞌睡，鸡、鸭、蝉子都闭了嘴。街面空空的，阒寂无人……然而，还是有一个人，扛着竹梯，踽踽独行。

阳光直直落下来，人和竹梯的阴影几乎等于无，人走得轻飘飘，竹梯显得很轻盈。我脚下用力一蹬，车子跟了上去。

居然是那个胖姑娘。

"喂。"我叫了声。没应答。又喊："喂！"依然没应答。我就伸出一只手，抓住了梯子。"小妹！"

她回头看了我一眼，带了点笑意。"俺？"不惊不诧，淡淡的，口音土得很纯正。

"把梯子搁上车龙头。"

"为啥？"

"可以轻松一点儿嘛。"

她很听话地点点头，依言而行，把梯子的一端交给我，提着另一端，依旧轻飘飘地走。我觉得自己也有了点轻飘飘，才发现，是梯子在拉着车子走。好惭愧。

"小妹……"我说。

"俺？"

"让你受累了……"

"啥累？"

"我本想帮你一把的……"

"俺晓得。"

"晓得啥？"

"你帮了俺一把。"

"主人家骂你了吗？我可以替你赔。"

"赔啥？"

"那些鸡蛋啊。"

又不应声了。

"我不是坏人……"

"俺晓得。"答得很利索。

我笑笑，换了个话题："扛梯子做啥呢？"

"上树。"

说话间，已到了十字街口，她朝右一弯，进了东糠市街。再走半箭路，又朝左一拐，钻入一油坊和一小面馆之间的小巷。我盯了下门牌号，默念两遍，记牢了。

所谓小巷，实在不是巷，是三尺宽、两丈长的鸡肠子。我赶紧跳下车，推着跟她走。

进去是个小小院落，三户人家，一棵老榆树拔地而起，高高耸过屋檐。两户关着门窗，窗下靠着凳子、几双鞋子。一家开着门，街沿的阴影里，放了一把马架子，斜躺了个老大爷，搭着白床单，左手捏了书在看。很老了，脸上寿斑点点，皱纹密如木刻。头发倒不稀疏，但已雪白。眉毛也是白的，唯有双眼还乌黑、亮灼灼，让人骇异。见我们进来，他笑一笑，咳了两声。马架子在阴影里，他挥了挥左手，阳光在五指间闪闪、跳跳。

"二祖爷爷。"胖姑娘唤了声。

二祖爷爷又咳了咳，微笑着。

胖姑娘把梯子靠着老榆树，进屋去取了样东西，摊在手心。我凑过去一看，两只幼鸟，像是喜鹊。"你想干吗？""放回巢里啊，昨晚刮风吹落的……死了一只了。"

我仰头望了望，好高啊，树巅冲上去，伸进了蓝天里，一窠鸟窝夹在树梢，遥不可及……我脑子一大，手心都湿了。

胖姑娘脱了带襻扣的布鞋，捧着幼鸟，踩竹梯上去了。"疯了呀！"我吼起来。她不应声，踩一脚，竹梯轻微一晃，嘎吱响一下。我看了眼二祖爷爷，他眼神淡淡的，目送着姑娘。

我赶紧扶稳了竹梯，一仰脖子，正冲着她滚圆的屁股，这让我有点难为情。梯子的顶，搭在树干的分丫口，上边还有很长、很长的一段。

胖姑娘不犹豫，光脚寻找着小枝，一手托鸟，一手抓树，继续向上攀。

树，猛烈地摇晃着，好像要把她甩出去！我脸煞白，低了头不敢看。

梯子又嘎吱响了几响，她下来了。"你咋的啦？"她问。

我想扇她一耳光。咽下口唾沫，我说："我想喝口水。"

她进了屋，我跟进去。是厨房，光线很暗淡，一柱阳光从亮瓦穿下来，落在灶头的筲箕上。筲箕铺了鸡蛋，莹莹透明，还有点婴儿红，默数一下，11个。

她出了屋，我跟出去。看看二祖爷爷，他看看我。马架子边上，立了张独凳，凳上放了一碗青花瓷的盖碗茶。

胖姑娘又放上了一碗，还用茶盖撵了撵。茉莉花味腾了起来，香气四溢。

我突然哈、哈、哈、哈，大笑不止。笑完了，看他们的表情，正像在看一个疯子。

"二祖爷爷就是问海禅师吧？"但我忍住了，没有这么问。我说，老人家您贵姓？

老人挥挥手,咕哝了一句,我完全听不清。胖姑娘埋下头,凑在他耳根。

"俺二祖爷爷说,出家前姓赵,眼下在家,也姓赵。"

"那,你也姓赵了?"

"嗯哪,俺赵家沟人人都姓赵。"

"你妈妈也姓赵?不会吧。"

"俺娘惹你了!"她眼珠子一瞪。

我赶紧讨好地笑了笑。"赵家沟在哪儿呢?"

"赵家沟在小夹马营,滑县。"

"滑县?哪儿的滑县啊,从没听说过。"

"安阳。"

"河南安阳,在豫北,我晓得,盘庚迁都说的就是那儿,古称殷墟嘛。"

"俺冇学问,你说的是个啥,听不懂。"

"我就说，安阳是个好地方。"

"安阳俺还有去过。赵家沟离滑县几十里，滑县离安阳几百里，远得很。"

"远？那咋又来了成都呢？几千里路呢。"

胖姑娘还没回答，一只马蜂飞过来，从我们中间飞过去，嗡嗡声有如螺旋桨，诡异而可怖。

马蜂在二祖爷爷的头上，盘绕不去。他张开左手的五指，轻轻挥赶着。马蜂不怕他，反复在他的指缝间穿过去、穿出来，寻找着落脚点，以求一蜇。

我看得火起，悄悄捡起他的书，盯准了，猛地朝马蜂打过去！这一击，就像打乒乓，用足全身之力的扣杀。

马蜂落在青苔上，抽搐着，渐渐不动了。

胖姑娘瞪着我，脸都气红了。黑里透红，红从黑里烧出来，是满腔的愤懑。

但她啥也没有说，低下身，把马蜂捧起来，轻轻给它吹气，还念念有词，咕哝些什么，我也听不懂。

马蜂挣扎了几下，居然站稳了，翅膀一扇，腾了起来。它丢下一串嗡嗡声，越过屋檐，沿着榆树干，有力地向上飞去了。

我指着胖姑娘，想骂句狠话，又觉得不忍，改成了："妇人之仁！"

"俺就是妇人。"

"它要蜇死了喜鹊呢？"

"那又能咋样？俺只管得了地上的事。天上的，菩萨管。"

我看了眼二祖爷爷，他眯了眼，睡着了。差点被我扇破的书，是线装的《华阳国志》。

· 19 ·

我坐下来喝了口热茶,胖姑娘又替我把水续上。我问她:"你买了好多个鸡蛋?"她说:"13个,吃了俩。""番茄呢?""俩,吃了一个。""还有一个呢?"

她瞪着我,似乎在想什么,越想越好笑,就捂住了嘴巴,咻咻地笑。还不行,就走到树下,靠着树子,低了头忍住了。

我跟过去,又问,非常诚恳:"你是不是会武功?"

她静了下来,淡淡看着我。"俺又有学问……武功啥?"

"你装蒜。"

"装啥呢,赵家沟人人都吃蒜。"

我猛地一拳打过去。算好了,不能打脸,也不能打胸部,只能照着肩膀打。她如果没装蒜,真被我打伤了,我送她去医院。

"砰——"的一响,我已摔在了地上。那一拳,不知打到哪儿去了。

胖姑娘"哎呀"了声,蹲在我边上。"不疼吧,大哥?"她把我拉起来。

"你用的什么招?"

"招啥?哥是滑的,看青苔可多了。"

"滑的?"我推开她,又是一拳。这一拳并不多想,径直打脸。

砰!我又倒了。而且更狼狈,摔下去,还滚了一转,半边腿和屁股都疼麻了。

她又赶过来扶我。我闭上眼,使足劲,用全身的力下沉。但她伸手在腋下抬了抬,就把我抬了起来。

我不甘心，在她胳膊上捏了一把，哪是胖肉，全是肌肉。

她把我丢开，退半步，气哼哼看着我，似乎在寻思，是不是该扇我一耳光？

"对不起，对不起，"我赶紧道歉，"我不坏，是被摔晕了。"

她依然瞪着我。

"我胆小。"我又说。

"俺……"她说不出话来。

二祖爷爷呼噜呼噜咳了一阵，吐出两个字。我终于听清了："蠢蛋。"

"蠢蛋，"她重复了两声，指着外边，"你走。"

第4章

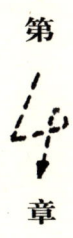

砖窑槐花开

· 20 ·

骑回学校,寝室空无一人。我身子很困,脑子却又新鲜。倒头睡了,睡不着,起身枯坐一会儿,琢磨着去洗个澡。

洗澡是件麻烦事。澡堂里永远雾气弥漫,光身子乱作一团又一团,你只要在莲蓬头下多冲两秒钟,立刻被人搡到一边去,好多脑袋一起伸过来。宿舍楼每层有两间淋浴室,然而是冷水。一小撮怕麻烦又耐不得脏的家伙，会在那儿受施洗，并发出杀猪般的嚎叫声："妈的×，太冷了！"只有老鲁不叫，他不怕冷。老王也不叫，他有意志。我去嚎叫过一回，肥皂泡没冲干净就跑了。

柱哥发现了一个洗澡的好地方，南墙内的砖窑，利用烧砖的余热，水充足且烫得很过瘾。跟烧砖的工人一起洗，他们汗味、体味重，热水从头冲到脚，一汪汪，从黑到清，流出门下，汇入林中的水沟。柱哥说，要体会到珂勒惠支黑白版画的力量，就该去砖窑洗个澡。

我端了个盆子，就朝砖窑去。这是头一回，路还不很熟，隐约记得柱哥说，要从二食堂后边穿过去。

下午四五点，食堂静得像史前的遗迹。几个捡饭皮的农村小娃，每人抱个盆子，坐在墙根水泥地上玩过家家。两只红鼻大老鼠，旁若无人在阴沟石板上踱步。我转到背后,经过柴火堆、煤堆、一个养猪场、一畦豆棚,就穿入了树林。树木参差,品种不一,杨树、朴树、梧桐、罗汉松,以及灌木女贞、乔木女贞……很是混杂,但都一起释放着嫩叶的气味,其中略为闷人的,是槐花的香味。

槐树有上百棵之多,棵棵均有合抱粗,树皮苍古遒劲,而花却粉嫩、芬芳。我带点怜惜地吸口气,再呼出来,莫名感喟了一声,唉。

林中空地上,出窑的新砖临时砌成了几堵矮墙。墙那边,就是冒青烟的两座窑、几间工棚。其中一间工棚搭着很大的门帘,估计就是浴室了。还没几个人进出,我心头一喜,不觉就加快了脚步。这时候,听到有"砰!砰!"之声传来。不响亮,但沉闷、结实,非常有力量。

是有人在打沙袋。

红色沙袋从古槐上吊下来,像一根巨大的香肠。打沙袋的人,戴着黑色拳击手套,只穿了条短裤,光身子,肌肉虬结。他飞快地移动着步伐,落叶、落花在脚跟下卷起小旋风,嗖嗖响。每一拳出去,沙袋似乎都没动,但槐树被震荡,千枝万叶都在发抖!我认出,这正是被老王打翻的武术队副队长夏晓冬。

还有一个女生在旁观,双手抄在裤兜里,脸蛋极白,没一点表情。衣服是大翻领军装,松松垮垮的军裤,没军帽,没领章。脚上一双灯芯绒布鞋。

我看了一小会儿,默然而去。

"喂,"夏晓冬把我喊住了,他大口呼吸着,但并不气喘,也不粗野,"同学,请给你大哥传个口信吧,我跟他还有一场友谊赛。"

我哼了声。"他跟你有什么友谊呢?你打输

了，卧薪尝胆要雪耻，说友谊，也太有风度了，何必嘛。"说罢，又补充了一句，"他是老王，不是我大哥。"

他看了下女生，宽宏大量地笑了笑，大意为：不可理喻。

女生冷冷的，没表示。

"你当初挑战老王，是听说老王侮辱了中国武术。你现在打的是西洋拳，这又算什么？"我说。

"师夷长技以制夷。"他耸耸肩。

"西洋拳是夷技，可老王并不是夷人啊。"

"……"

"你是条硬汉子，那就硬到底，再练两年，用武术把老王打趴下。"

我以为他无话可说了，然而，他笑了。他用两只拳击手套相互碰了碰，又爱怜地吻了下。"我跟你说句真心话,同学。你大哥说得对,武术就是花架子。"

"那,你就该找武术家挑战啊,说什么制夷呢?"

"我是有这个计划的……不过,我要先在栽倒的地方站起来。"他又看了女生一眼,像在求得她赞许,"对吧?"

女生没吭声,但笑了笑。

"这是你女朋友?"我说。

"不敢高攀,"他说,"只是刚好能听懂她的话。"

他的谦卑虽有点夸张,还是让我吃了一惊,就又细细看了看女生。

女生终于说话了,几分不耐烦:"装什么蒜,又不是没见过。"

我从声音里听出她是谁了,不由打了个哈哈:

"还在为哲学憔悴吗,叶雨天同学?"

"是哲学在为人憔悴……人总是那么蠢。"

"你变了,哲学又很神圣了?然而,你不是痛恨哲学没有标准吗?"

"我没有变。是今天的人把标准弄乱了,值得痛恨的是愚人。"

"在你们的哲学史中,愚人、愚公不就等于哲人吗?"

"不是我的哲学史,是幼稚的童话……你听得太多了。"她瞪着我,冷冷的眼珠子冒出了火,"蠢蛋。"

我想起二祖爷爷也这么骂过我,不由大叹一口气,转身又要走。

"回来,贾发财!"

我愣了片刻,嘿嘿笑了。

"你笑起来真丑。"

"对不起，我不叫贾发财，骗你的。"

"够了！"夏晓冬听不下去了，他朝着沙袋猛烈一击，老槐树悚然震颤着，几乎就要断裂了，"文科生说话，没一个通逻辑的。"

"好吧，你们两个通逻辑的多聊聊，我洗澡去了，今天一身臭汗。"

"帮我把话转给你大哥。"

"他不会跟你打的。"

"他怕了？"

"他不屑。"

"你嘴挺硬的。"叶雨天把手从裤兜里拿出来，手上多了根香烟，"名字只是个符号，这个符号就很适合你。洗澡去吧，贾发财。"

· 21 ·

我洗完澡出来,叶雨天还靠着古槐在抽烟。好像刚才的对话,只是一瞬间的事,而天已经擦黑了。

沙袋也还吊在那儿,像停下来的钟摆。

"他呢?"我指着沙袋问。

"我让他走了。"

"你咋不走?"我没敢问。

"我问你个事,要如实回答。"

我点点头。

"你是怎么想到要写小说的?"

"我?没有写过小说啊。"

"你不是写过《伤口》吗?回忆石匠生涯的。"

"不是我写的,是老鲁。"

"就是你。这会让你难为情?"

"我21岁还差3个月,咋可能做过石匠呢?笑话。"

她深深地看了我一眼,脸上浮起奇怪的笑。

我莫名害怕,也只好假笑了一下。

她把烟头扔了,拿脚蹭了蹭,又抱住沙袋拖了拖。"你来试一下,好不好?"声音慈祥得像个老奶奶。

我没法拒绝,就放了盆子,搓搓手,一拳打过去。

她咯咯笑,手一松,沙袋挟着钢铁般的重量荡过来,正撞在我脸上。

我砰地就倒了!四脚朝天,半天挣扎不起来。

她居高临下,俯视着我,拿布鞋压住我下巴,左右晃了晃。"没嫖过妓,就没法写妓院?没杀过人,就写不了杀手?说你蠢,还不服气呢。"摇摇头,丢下我走了。

· 22 ·

我闷闷吃了晚饭,又靠在床头打了个盹,寝室才有人打着呵欠回来了。到8点多,除了老王,都在了,我就把遇见夏晓冬的事说了。

老鲁想也不想就说:"老王不会应战的。他现在所有的心思,都放在留美、跟女朋友团聚上,两天一封信,写满了正面写背面。还抓紧时间学烹饪,泡茶铺,为今后的博士论文收材料。哪有工夫去打架?"

我说,不是打架,是比武。

"算了吧,比武不打架,比嘴巴劲哪?"

说得也是。但人家把挑战书贴到门上了,还能算了吗?

"那也无所谓啊。卒然临之而不惊,无故加之而不怒,老王就是这种有大志的人。何况……"老鲁挤了下眼睛，笑道，"真要打，估计老王要吃大亏的。"

其他室友也很赞同老鲁的话，还补充，听说夏晓冬这一两年专心学拳，学业都荒废了，考试几门挂科，毕业也可能要推迟。不过，这也很可能是他故意的。老王心思在留学，而夏晓冬心思在留级，就是为了参加下一届大学生运动会，夺西洋拳金牌。他除了跟成都体院的老师学，假期还去哈尔滨、上海的俱乐部拜过名师，其中一位是奥地利教练，培养过世界级选手，其中一个徒弟成了好莱坞明星，叫施什么格。教练说，夏晓冬的资质比施什么格还要好，念天文物理从开始就错了。夏晓冬则说："我以无限为有限。"这是剽窃李小龙的话，倒是唬得外国佬直呼他哲学家。

总而言之，室友们的结论是，老王要再赢夏晓冬，悬。不说拳，论力量，可能就要差他一大截。中文系有人趁他上厕所，偷他的沙袋，哪里抱得动！里边灌的不是沙子，是铁砂。

我不觉抹了下脸，难怪那么痛……妈的×。

我是很想再看老王痛打一顿夏晓冬。不为比武，不为打架，是教训他。那小子太狂了。但，听了他们的分析，深觉有理，只好叹口气，暗暗替老王认输了。

到熄灯时，老王仍然没回来。老鲁说了句，日怪。我也觉得有点怪，但也没觉得有啥子。睡了。

后半夜，我去了趟厕所。回来时，闻到一股刺鼻的酒味，呛得人差点呕。

是从老王的床上发出的。他躺着的姿势直挺挺的，俗称挺尸，嘴巴、头发、身子，都像在酒精中浸泡了很久,酒味中还有腐烂气。我小心凑过去,吓了一跳!他双眼圆睁,正瞪着我。

他上次挨了程老保镖一脚,还保持着自嘲。这一回,是彻底地垮了。

咋回事?我问。

他闭了下眼睛,示意我,睡吧。

我心中有事,这一觉却睡得极沉。醒过来,寝室已经空空了。老王也没了影子,被子没叠,乱得像一张揉过的烂报纸。这是从未有过的。

食堂过了早餐时间,我去小馆子喝了碗豆浆,买了三根油条,吃了一根,另两根包了提走。沿着文史楼前边的大路,拐入经济系边上的林荫小道,有一扇小门,凭校徽,可免票进入望江楼公园。

我在望江楼下的茶铺找到了老王。他面前放着一碗盖碗茶,还有一本笔记本,但没有打开。酒气已没了,表情是平静的,似乎在沉思。

他给我也要了一碗茶。我让他赶紧把油条吃了。"空肚子喝茶,人想吐,又吐不出,难受得要死。"

"你体验过?"

"高中时候给女同学写情书,被她嘲笑了一顿,就赌气去鹤鸣茶社泡了一上午。"

"呵呵,还没恋爱,先尝了失恋的滋味。也好,从此对女人免疫了是不是?"

我自嘲地笑笑,起身溜达一下。望江楼在清代时,是全城最高的建筑。楼下有个大码头,叫作玉女津。千百年间,出蜀的船只都从这儿启程。旅程渺渺,临行了,就要在楼下摆几桌酒席,话话别。酒足饭饱,迎风洒几滴泪,方才解缆揖别。我们来上学时,码头已然废了,但江中还有一条小渡船,船头尖尖的，覆了竹篷，靠一根铁链系住上游的铁桩，钟摆一样在两岸之间晃，来回一次两分钱。我们在渡船上留影。老王说，比《边城》的渡船强多了，可惜少了一个女孩子。

而今渡船也没有了，只剩了一汪水。对岸是纺织厂，工休时间，戴了白帽的女工们在江滩上闲坐，远望去，像落了千朵雪花。我问老王，这景象如何？他说，一朵，是触手可摸的；千万朵，就只是梦。我说，梦有梦的好。老王说，我没说梦不好，但我只要那一个。

而今，连这对话也远了，再过两三个月，各自东西。

老王吃完了油条，却一字没提昨晚酒醉的事。

我不讨无趣，也不多问，径直把夏晓冬说的话转述了。他听完，脸色阴沉着，不吭气。

我又说，如果是我，就懒得接他的招。他还没长醒，毛头小子，迷着打架斗殴。你去办你的大事吧。

他的眼睛渐渐放出光来，冷冽刺人。"错，这就是大事。"

"……"我怀疑他是不是疯了。

"麻烦你转告他，我同意。越快越好，我拳头都发痒了，今天就可以。当然，他也可以准备一两天，后天吧。"说着，他把两只手拧紧，关节拔出啪啪的声音。

日怪，我心头暗暗说。完全不像是老王。

· 23 ·

我去小卖部用公用电话打到王建墓，跟老鲁说了。他也觉得怪。不过，他到底比我年长些，弯弯也转得比我快。他说，老王是非常之人，既然应了招，必有九成的胜算——很可能，还有压箱底的本事没有拿出来，哈哈。

但愿如此吧。

下午两点多，我去了砖窑，夏晓冬不在，红色沙袋倒是吊在古槐下。

又去他的宿舍找，仍不见人。有个家伙正在乐呵呵拆电视机，元件堆了一桌子，抽空告诉我，理科大楼的顶上，安了一架天文望远镜，夏晓冬去做义务看守，已经一年多了。

理科大楼是苏式老建筑，体积庞大，造型封闭，矗立于湖边毛主席塑像的背后。我这是头一回走进去，立刻感觉到刺骨的静。静中，有噗噗声传下来，均匀、结实，且又轻盈，十分好听。我每登上一层，声音就更清晰些。

登上顶层，眼前一条很长的通道。

通道黑漆漆的，两边是无数关闭的、虚掩的门和窗，零星的光线穿过门窗投进来，在黑漆漆中闪烁着、旋转着，宛如想象中的外太空。

尽头，有个人在跳绳。他跳得极为轻快，看不见脚尖沾地，绳子成了影子，人成了一团飘浮的幽魂。

我用了很长时间才走近他。

他一下子停下来。双脚还在原地小跑着，但呼吸很是顺畅。

"副队长。"我很正式地称呼了一声。

"我早就不是了，也退出了武术队。我姓夏，请叫我夏同学，或者叫晓冬。"

"夏晓冬。"

"好吧。听说你大哥叫王大卫。"

"我叫他老王……他不是我大哥。"

"好吧。老王叫你来……"

"老王请我来,说他答应你。时间后天,地点你来定。"

夏晓冬嘘了一口气。他停下脚步,把绳子收起来,叠整齐,搭在窗台上。又摘了脖子上的白毛巾,揩了两把汗。

"你愿意花两分钟,听听我的故事吗?"他说。

我说,好啊,五分钟也可以,愿闻其详。

"泉州,你还没去过吧,泉州有个南少林……我就是泉州人。"他看着窗外,脸上漾着一汪白光,"我爸爸是业余体校的武术教练,我从小自然就是习武的。家里养了只猕猴,爸爸带我一起观察猴,练猴拳。还带我去动物园观察鹰,练鹰爪拳。每年参加少儿武术赛,市里、省里的奖牌拿了一大把。如果运气好，我也能在《少林寺》里演个反派的狠角色。信不信？"

我诚恳点头，说，信。

他笑了笑。"我没这个运气。可我成绩又特别好，上了初中，一直都是物理科代表。不怕你笑话，半个泉州城里，我也有过神童的名声，能文能武嘛。我爸爸那辈人，信的就是数理化。我是个孝子，就来这儿念了天文物理系。我爸爸说，这是手艺活儿，天上、地下的手艺都学到了，今后再不济，开个修理铺，修不完的收音机、电视机……哈哈，他是个好爸爸。你爸爸呢？"

我说，我爸从不跟我谈这些。

"那谈啥？"

啥都不谈。我其实没吭声，这么说，没人会相信。

他一笑，把这个问题放过了。"我念了天文物理，又进了武术队，才发现自己爱的，还是挥拳踢腿的事。最喜欢的，是找对手比武。武术队的队友，都被我比下去了，队长也晓得，我敬他是学长，不抢他的位子，而其实，我才是第一。后来，我把成都的高校，包括体院的武术系，都比试了一遍，没输过。即便输了，过几天也能赢回来。于是就琢磨，要参加大学生运动会，拿武术的金牌。"

他顿了顿。我耐心地等着。

"你大哥一拳把我打醒了。"

我没有纠正他。

"我这才想明白，从前的比赛，不过是表演，像京剧里的武生，标准是看谁的动作流畅、漂亮和规范。其实呢，就是没标准。只是比，不对打，不互搏，等于就是花架子。譬如你跟猴子学，就算变成了猴子又怎样，猴样还没摆好，人家一拳就把你打趴了。猴子里只有一个会打的，孙悟空，可那是瞎编的。"

那，西洋拳呢？

"硬打硬。有规则，有裁判，一对一，拳头定输赢，输家趴在擂台上，赢家接受欢呼。以武会友，点到为止，不战而屈人之兵，统统是他妈废话。"

他突然来了气，退半步，猛地一抽左拳！我听到风声一紧，不觉就退了一大步。

"这是勾拳，打在下巴上，牙齿都要飞出来。"他说。

很厉害。你爸爸知道吗？

他点点头。"过年回家，我用西洋拳把他的几个高徒全打翻了……还有几个拒绝打。我爸爸很悲哀，但什么也没说。"

我默然了一会儿，最后问，跟王大卫比赛，你胜算有几成？

"九点九。"他笑笑，很爱怜地抹了抹下巴。他漂亮的下巴上，淡青的胡子已经漆黑了。

· 24 ·

出了理科大楼，我被阳光晃得有点晕。一颗红番茄飞来，猛砸在我脸上！

当然，这只是个幻觉。

我想起老鲁的话，但愿老王还藏了几手压箱底的本事吧。

晚上，老王把红色拳击手套取了出来，拍一拍，挂在了帐钩上。早晨我醒来，老王已经出门了。该是去文史楼后练拳吧？可手套还挂在帐钩上摇晃，像在对人说，拜拜！我觉得很滑稽、很好笑……总的来说，很疑惑。

老鲁说："管他呢，反正明天看好戏。你的问海禅师呢，问出点儿名堂了吗？"

我没理他。

· 25 ·

我骑车去散散心。过了九眼桥，向左，折进星桥街。天亮前下了雨，地上湿腻腻，沾着些打落的树叶、烂泥巴，很不好看。杂货铺正卸下铺板，而面馆早已开张，茶铺里坐满了看报纸的闲人。沿街一色瓦屋，屋顶不时冒起阁楼的窗户，俗称老虎窗，窗口站个抽纸烟的瘦男人，瞅着马路发呆，是闲得发慌了。

街右的星桥电影院，是我们常光顾之地。早场冷清，门口只停了稀落落几架自行车。再过去，即双槐树街、水井街，前边三岔口，连接上河坝街和水津街，岔口附近有座大院落，是望江川剧团。川剧是落寞的，每过一个冬天，就减少些老观众，是故，演出也就很少了。剧场空着可惜，就放映老电影，票价1毛，也颇得我们欢心。老鲁拉我和老王去看过三四回《抓壮丁》，全说四川方言，我还担心老王听不懂，不意他笑得比我们还要欢。可惜，川剧团图省钱，灯光屁亮屁不亮，看得人眼睛痛。老鲁就大叫："亮点儿嘛！"结果，人家一句话就把我们堵死了：

"旧社会的故事，你想要好亮嘛！"

我每一想到，就好笑，又佩服，那家伙要是做编剧，定能写出《抓壮丁》续篇。可惜这么好的片子，已成了《广陵散》。

骑过剧场门口时，我慢下来，多瞟了一眼。门口站了个红衣女子，正朝我挥手。

居然是东糠市街的胖姑娘。

我心头一喜。

"俺老远就看见大哥了，不敢喊。"她说。

我问，为啥呢，我很凶吗？

"凶？那倒不……俺骂过你。大哥不记恨？"

我呵呵笑，说记不得了。又说，别叫我大哥，叫我七哥吧。

"七哥。"她叫了声，大大方方，"七哥该还有个学名吧？"

我摸出钢笔，在手心写了三个字，递给她。

"名字里有个草,算不算很蠢蛋?草包嘛。"

"草咋会蠢?俺东北有三宝,人参、貂皮、乌拉草。草可宝贵了。"

我说,你家不是河南滑县赵家沟吗?咋成东北了?

"七哥记性好。俺娘是吉林红石砬子的,姥姥、姥爷还在呢。"

问她的名字。

"赵宝珠。"顿了一顿,又补充,"俺姐姐小名招弟,俺小名迎弟,弟弟比姐姐小8岁,比俺小7岁。"

又问她多大了。

"19。俺是腊月生的娃,实岁是19岁零4个月。"顿了顿,又补充,"虚岁嘛,是21。"

我说,我长你两岁。

"七哥学问好,俺冇文化,七哥等于长了俺

40岁。"

我一下就成花甲老人了！我涨红了脸，好气又好笑。宝珠呢，眼珠子发亮，看着我，嘴角漾着两弯笑意。今天她穿了件红布衬衣，手工缝的，纯红，大脸蛋盈盈有光。乌黑的刘海下，睫毛也是又黑又长。自从我拧了下她的胳臂，也不觉得她胖了。

我消了气，笑道，你咋会走到这儿，是迷了路？

"是问着过来的，想看《少林寺》。"说着，她把票递给我。

离开映还有45分钟。我说，我也买张票，俺们一起看。她说，中啊。

· 26 ·

剧场的街对面，有一家小茶铺。剧场的院子

里，也有一家小茶铺。我们就在院子里喝，茶桌在一架葡萄藤下边。几步外，放了一张乒乓桌，两个老演员在慢条斯理地打球。

我问宝珠，今天咋不管二祖爷爷了？

"二祖爷爷的侄儿、侄媳妇来了，接他去新津享两天清福。"

那，你跟他们也算亲戚哦？

"那不算，是二祖爷爷的师侄。"

那，他没有徒弟吗？

"有是有的，可孝顺了，可不在成都……远得很呢，俺也晓不得。"顿了顿，她又补充说，"俺是六天前的晚上才到成都的，今儿是第七天。"

二祖爷爷是谁，我终于算是吃准了。心下舒坦，着实喝了一口茶，啧啧惬意。又叫她，喝吧，好好喝。

她喝了一口，也舒坦地嘘口气。"是井水烧的吗？"

为啥这么问？

"井水街啊，自然是烧井水的。"

我说，望文生义。泉州，岂不就浮在泉水上？

"嘿嘿。"宝珠憨笑。

我说，成都的水井有千口，不过，味道咸、涩口，只能洗衣、洗菜，不能喝。能喝的，只有一口薛涛井，就在望江楼公园，几百年历史了。想不想去看看呢？

"想啊，那可好了。正好二祖爷爷这两天有事情。"

我就问，从前是谁照顾二祖爷爷呢？

"俺爹、俺娘啊。俺小叔要结婚，这才赶回去操办，十天半月还回来。"

我有点奇怪,这小叔再小,结婚也太晚了吧?

"小叔出过一点儿事,耽搁了。俺跟小叔可亲了……可惜他命不好。"

这么说,我也不好再问啥。就换了个话题,二祖爷爷既称为二祖,想必不是你的亲祖祖,你家咋对他那么好?

"俺祖祖对俺爷爷说,人要报恩。俺爷爷又对俺爹这么说,知恩必报。二祖爷爷对俺家是有大恩的。"宝珠说罢,很严肃地双手端起茶碗,又喝了一小口。

我不吭声,用目光期待她说完。

"俺祖祖——他埋地下已经50多年了——是二祖的亲哥哥,大他12岁,都属龙。祖祖自小帮他爹下地,到二祖出生时,家里有了些余粮,就让二祖多念书。后来闹凶年,天干地旱,过土匪,又打仗,活不安生了，肚皮还填不饱。军队的官长来抓丁，定了是祖祖。到开拔的那天，祖祖病了，发烧，人都要烧死了。二祖说，俺去。他跟爹娘哥哥磕了头，背个小包就走了……包里还装着本《论语》呢。"

二祖那年多少岁？

"13吧……14还不到。"

走了多久，才又通了音讯呢？

"过了两年，二祖寄了钱回来，就知道他还活着的。自那后，他年年都寄钱回，有多有少，但年年总是有一点儿。靠了这个钱，一家人才活下来。祖祖盖房，娶了亲，有了儿孙，儿孙有了儿孙。祖祖还给二祖带了话，一半的钱我都替你攒下了，今后立了业，回来成个家。二祖回说，我已经出家了，成家就别提了。祖祖不相信。有一年，二祖真的回来了，头皮精光，披了袈裟，已是个和尚了。全家哭得不行。他说,世上最不值钱的就是眼泪了。他给祖宗牌牌磕了头,又走了,再也冇回过。"说罢,她又喝了一口茶。茶水还是烫烫的,溢出茉莉的香味。

我忘了喝茶了,急着想晓得,是爷爷告诉你的吗?

"是俺爹。一辈辈讲下来,一辈辈就不会忘记了。俺爹说,那年二祖回来,右手已经残废了,差不多齐肩膀都被砍冇了。"

我骇然地抽了一口气。听说,你二祖爷爷的武功很厉害,是不是?

"俺,从冇亲眼见到过。"她直视我,语气淡淡的,目光没一点闪烁。

那……你的武功呢?

"俺那也叫啥武功?七哥笑话了。"她憨憨一笑，露出两颗虎牙，白白生生的。

我看了她好一会儿（也许只是一小会儿）。我说，你总之是练过的，对吧？

"练是练过的，赵家沟人人都练嘛，譬如是，"她张头环顾了一下，"那些老爷爷要喝茶，姥姥们要纳鞋底，俺们放了锄头、针线，也就练拳脚。自小就练了，走不稳，就在站梅花桩，端不动饭碗，已在抢石锁。"

那你练到什么程度了？

"不好说。"

嚯，还跟七哥谦虚啊？

她默然片刻，又漾出两弯笑。这笑里，多了点严肃和笃定。"拳脚上的事，不兴嘴巴说。"

这时候，剧场铃响，《少林寺》就要开映了。

· 27 ·

场子里不到七八个观众,灯光依旧暗暗的。

宝珠看得开心死了,一会儿哈哈大笑,一会儿又唉声叹气。打斗激烈时,她几乎从椅子里跳起来。但也会叫一声,双手捂了脸。

《少林寺》我看过几遍了,只留意看宝珠的反应。

散场出来,我看见她眼睛红红的,是哭过。我说,看个功夫电影,你还动了感情啊?

"小和尚不是个东西。"她说,"他倒好,受了戒,小姑娘咋活呢?"

我笑笑,说,这是演戏,别当真。

她狠狠盯了我一眼。

我清清嗓,很认真地问,和尚们的武功怎么样?

她脸色淡下来，还用手把刘海细心抹了抹。"演戏嘛……"我耐心等她把话说完，她却指着乒乓桌，"七哥，教我打乒乓球，可好呢？"

刚才打乒乓的老人已走了，拍子放在桌上，扣住一只球。

宝珠说，她可喜欢打乒乓球了，可惜只念了三年村小，冇法再打了。

我小心、平和地把球打给她。

她很稳地接住了，再打回来。技术的确是比较生涩的，或者说，还谈不上啥技术。

我慢慢加了力，她依然很稳地回应着。

感觉她不是用手打，是用眼睛打，很专注地盯着我的手、眼睛、一举一动。

十分钟后，我的力已用得很重了，速度越来越快,并不时猛挥拍子,扣杀过去!

她被扣死了七八次。随后,一拍子扣了回来!我猝不及防,竟然没接住。

我们开始对扣。她突然叫了停,把球拍换到了左手。

我说,你原来是左撇子?她摇摇头。

我很是惊讶,那是为什么?你不怕别扭?

"别扭啥。俺的左手对着七哥的右手,正是顺手嘛。"

我笑了,怎么会顺手?你傻啊!

宝珠却不笑。"当如照镜子,七哥的右手,就是俺的左手啊。"

我也不多说,接着打。她仍是很专注地看着我,以变应变。我弱,她弱;我慢,她慢;我以全身之力扣过去,她以全身之力扣回来。她顺手,我的手却是别扭的。又打了几分钟,我居然落了下风,不停地跑到墙角去捡球。

不打了。我叫了声。

她立刻把拍子一收,放回桌子上。

我有点羞恼,喝问她,你是咋搞的?!

"俺……错啥了?"她有点怯怯的,看着我,发蒙。

我忽然笑了,觉得自己很没有风度,也没道理。但,很想晓得她咋会把我打赢了。

"俺冇有打赢七哥啊,平手。七哥是师父,俺一招一招在学你。"

我恍然大悟。嚯!我说,猴子最会学样了,你这不是在学猴吗?可就是成了猴子,也不会有出息。

"七哥说得对,成猴子不算个啥,要成,成猴精。"

猴精？你好好跟七哥说说猴精的事。

"俺能说啥，俺又冇文化。"她憨憨一笑，掏块帕子，擦额头、脖子上的汗。袖子挽了起来，露出很粗的手腕，腕上的肌肉一条条，细长、密实，条条都在窜动。

我请她去小饭馆吃午饭，她说不了。

"天气好，俺回去洗澡、洗衣服，还要晒被子、洗床单，好多事。"

我说，好吧，今天就算了。明天欢迎你来学校，我请你吃学生食堂，去望江楼公园看薛涛井。下午砖窑还有个小话剧，很精彩，一起看吧，好不好？

她高兴得脸发烧，眼珠子透亮。"好啊好啊，谢谢七哥啊……俺做梦都想吃顿学堂里的饭。"

我就告诉了她来学校的路线，我住的宿舍、寝室门牌号，约好11点半见。

第

5

章

午后1点50分

· 28 ·

夏晓冬和老王的比赛,定在午后1点50分。这个时间点,校园最清静,该上课的,都去了教室;沉迷昼寝的,还赖在床上。地点呢,夏晓冬说,最好是去体育馆借一个擂台,并请来裁判,正规化、专业化。老王不反对。但后来夏晓冬又变了,说,如果打出个三长两短,给学校添麻烦,影响很不好,还是砖窑吧。老王说,可以。夏晓冬又提议,比赛有规则,但拳头无情,我们还是签一份免责书吧,纯系自愿,责任自负。老王说,也太婆婆妈妈了……当然,也可以。

这天早餐一切如常,室友们喝稀饭,啃馒头,不提"比赛"两个字。吃完了,却没一个人走,整个上午都留在寝室里自习。很有一种败局已定,且陪杀场的怆然之气。同心同德,却也隐含着怜惜与同情。

老王自然也有感受,但他也啥都不说。跟大家一样,读书,整理笔记。后来,他铺开白纸,开始写一封长信。红色拳击手套挂在帐钩上,还没有取下过。

老鲁则在整理实习日志。他记得极细,包括在墓穴里看到个影子,听到墓床下传来声叹息……我说,近于幻听幻视。他辩解,目前是史料,还没写史记。

我在读一本书。没读进去，又换一本。换到第五本，读出点味道了，是唐传奇选本中的《昆仑奴》。但刚读了一半，老鲁咳了声，说时间差不多了。大家嘘叹一回，搓搓手，准备去食堂打饭。

这时候，门敲响了。我看了下手表，11点20分，该是宝珠到了。我已把自己的饭盒洗干净，留给她用。又去隔壁拿了柱哥的大碗，也洗了洗，自己用。

老鲁坐得离门近，起身拉开了一条缝。他转头看看我，笑道："找你的。"

我莫名红了下脸，而且没想到，心跳还突然加快了几秒钟。好在，即刻就平复了。我叫了声："请进。"

门开了，站着个瘦瘦小小的女生，大翻领白衬衣，松松垮垮的军裤，灯芯绒布鞋，脸上是不变的冷淡。

我有点惊讶,起身招呼着:"叶雨天……你好吗?"她点点头。

一时尴尬,我忽然想到啥,冲老鲁说:"她读过你写的《伤口》,评价很高啊。"老鲁大喜,却不怎么敢相信:"真的读过呀?是怎么评价的?"

叶雨天一笑,真难得。她指了下我:"我都告诉他了,还请他转告你,可能他忘了吧……很像是个大忙人。"

老鲁看着我。我不敢撒谎,敢撒也想不起说什么,只好假笑道:"我忙啥,无事忙罢了。说来话长,慢慢再说吧。你来是有事?"

叶雨天找了个下铺坐下来,摸出细长的纸烟,给每个人递了一根。只有老王摆手谢绝了。室友们纷纷吸一口,吐出烟子,很有兴趣地看着她,好像把比赛的事都放下了。

"我也没啥事，就是来串串门。"叶雨天说，"同一栋宿舍四年了，也算老邻居了，彼此还那么生疏，不应该。"

"他常上去给你们送……小东西。"有个室友指了下老鲁。老鲁不窘，坦然而慈祥地点点头。

"我听说过，今天是第一次见到。"叶雨天再给了老鲁一个微笑。

"你们饭吃饱了，都要去看比赛，对不对？"她说。

"吃了饭，我们要先睡一会儿，养养神。"另一位室友笑嘻嘻回答。

她看着老王，彬彬有礼道："你就是王大卫同学吧？"

老王看着她，不置可否。

然而，她不以为忤。"我是哲学系的叶雨天，也是夏晓冬同学的好朋友,按外国人说法,也算是他的经纪人。"

寝室里一片哑寂。

"夏晓冬托我来带个话,如果王同学同意,这比赛就取消了。"

大家面面相觑。老王脸上也抽搐了一下。

"为什么?"我问。

"不为什么,不需要理由,也没有条件。如果王同学点头,夏同学的提议立刻就生效。"

老鲁说:"我其实是很想看打架的……"

"不是打架,是比赛。"叶雨天打断他。

"好吧,比赛……但是,和为贵嘛。我同意取消。"

室友们也嚷着,纷纷附和老鲁。老王沉着脸,不吭声。

我假笑两声,看着叶雨天:"你不是凡事要问为什么吗?且要有答案,而且是唯一的、正确的答案。咋个要说不为什么呢?"

老鲁点点头,笑道:"孙子说,兵者,诡道也。这位夏同学,是不是在使诈术哦?"

"好吧。"叶雨天把烟头在指头上摁熄,我闻到一丝焦味,"取消,是为了保住面子、尊严,以及校友的情分。"

"面子。是保我的面子,还是他的面子?"老王问道,嗓子十分沙哑。

叶雨天看着他,不回答。

"是我的面子,对吧?"

叶雨天依然不说话。

老鲁说:"算了,谁的面子不重要。打什么比赛呢,就要毕业了,各人都有一堆事要忙。何况,大学四年,谁留个鼻青脸肿的记忆都……很无趣。"

室友们都看着老王,目光是诚恳的,希望他同意取消。

叶雨天说话了,和蔼、温柔,简直不像她:"听说,王同学就要去纽约,跟未婚妻团聚。她会怎么看这事?"

老王的呼吸变得很粗浊:"谢谢。她会穿着漂亮的婚纱,给我一个惊喜的。请转告夏同学,1点50分,砖窑见。"

· 29 ·

宝珠直到我们去食堂打了饭回寝室,也一直没出现。我还是给她打了一份回锅肉、一份红烧茄子,扣在饭盒里。

老王打了两份猪脑花烧肥肠、一份肝腰合炒、一份炝莲白,还比平日多打了二两饭。大家默然无语,寝室里只有咀嚼声,沉瀣着饭菜的气味。老王突然说:"中医说缺啥补啥,我啊,缺的就是猪脑子。"说罢,嘿嘿一笑,又补了句:"扯×蛋!"大家不敢接话。

吃了饭,各自靠在床头打盹,翻书。到了1点半,老鲁吼了声:"走!"拉开门,又"咦"了声,回头乱看。

门口站着宝珠,满脸是汗,衬衣也湿了,沾在身上,线条毕露。我赶紧招呼说:"是找我的。"老鲁挤了挤眼睛。

宝珠说:"俺晚了,七哥,对不起。"我问她吃了没有,她摇头。赶紧把饭盒、勺子递给她。我说:"可惜冷了。"她不吭声,笑得脸发烧。

老王摘了拳击手套拍了拍,冲我嘀咕道:"你小子能耐了,四处当哥啊,小点儿心。"我没时间分辩,一拨人匆匆就往砖窑去。

宝珠边吃边问:"去演啥戏呢?"我不搭理她,只在她肩上拍了拍。

夏晓冬、叶雨天已经等在那儿了。

观众说多不多,也不很少,双方室友,加上等着看好戏的烧窑工,足有30来号人。夏晓冬还请来一个体院的助教做裁判。场子在红砖矮墙内、洗澡棚之外,一小块空地。

这几天降温,风吹过,我和几个没添衣服的都有点缩脖子。老王和夏晓冬把上衣脱了,身上肌肉一鼓鼓的,没一毫发抖。裁判宣布了规则,双方用拳击手套碰了碰,各退后了两三步。我们退得更远点，紧靠了墙根、树根。叶雨天神情冷冷的，宝珠嘴里还在响亮地嚼着。我看了她一眼，她说："可香了，七哥。"忽然，她差点叫起来："演啥戏呢？这不是要打架的嘛！"我狠狠瞪了她一眼，她赶紧住嘴，但眼睫毛下，杏子眼闪闪发亮。

老王个子高一头，双目精光大盛。夏晓冬还是像鹰一样英俊，扬起头，两眼却微眯。他们各自的两条腿，都在原地轻快地跳跃。突然，老王大叫一声，猛出一拳！这很不像老王的风格，他之前从不主动攻击，而且拳击也不兴吼叫，又不是《少林寺》。但，这一拳确实打得好，快、准，夏晓冬向后一跌，几乎倒地，好歹站住了。

但老王立刻又是一拳！夏晓冬再向后跌，撞得槐树剧烈摇晃着，烧窑工晾的衣服落下来，竟把他的脸蒙住了。

裁判立刻向老王示意：停。

但老王哪肯，再发一拳，隔衣打在夏晓冬脸上。"砰！"的一声，他终于裁倒了。

叶雨天冲过去，把他脸上的衣服扯开了。裁判数点才到三，他伸展腰姿，嗖地一跃，起来了。这动作，却又很像《少林寺》，大家都喝了一片彩。但他的一只眼血肿，半边脸瘀伤。

宝珠还在吃，嘴里包满了饭菜，但没嚼，很专注地看着夏晓冬的手。

老王吸口气，又开始了出击。但夏晓冬一直在躲闪，和他保持着好一段距离。

观众已觉得有点乏味了，裁判也向夏晓冬发出了警告，不准消极怠惰。就在一瞬间，没人回过神，夏晓冬已贴近老王的身前，右一拳，左一拳，打在他脸颊上。这两拳，夏晓冬亲口告诉我，叫勾拳。真是快如闪电,出其不意。

老王倒了,爬起来,又挨了两勾拳。再爬,再挨。还有一拳是挨在肚子上,哇一下,嘴里射出一股棕色的物质!后来,他也撞到了槐树,顺着树干坐到了地上。树上的衣服也落了下来,罩住了他的脸。夏晓冬就半跪着,隔了衣服,飞快地猛击他头部,砰、砰、砰、砰,像打沙袋。

很多人把脸转开,不敢看。

裁判和叶雨天终于把夏晓冬拖开了。他继续把拳头击向空气,仰天大笑着,如猛禽长啸。

老王的头已耷拉到了一边。老鲁把衣服扯下来,先试了试他的鼻息,嘀咕一声:"还没×死。"那张脸,血肉模糊,像颗烂西瓜。

"还没×死……"老王也在喃喃着,还哼哼了两下,似笑非笑。

第 6 章

予怀浩渺

· 30 ·

一个小时后,我用自行车搭宝珠去望江楼公园。答应过,要带她看薛涛井。

老王是自己走回寝室的,坚决不让我们扶。老鲁说:"不是说我是扛碑的赑屃吗?你就当回纪念碑嘛。"老王哪肯,还软塌塌给了他一拳。

躺到床上,老王长舒一口气。大家找不到话

说。良久,他开了口:"我是自找的。欠揍。"

老鲁假笑,故作幽默:"赶紧养好,不留痕迹,别把你女朋友吓跑了。"

"已经跑了。"老王嗓音今天已沙哑,这会儿更像喉咙口堵上了沙子。

"跑了?"

"跑了。她爱上了她的导师史密斯,这个暑期就要结婚了。"

"开玩笑!"

"这种事能够开玩笑?"

我心头觉得烧着一团火。"美国的史密斯多如牛毛,哪一个史密斯?"

"对她来说,史密斯只有这一个。对我也是。"过会儿,补充一句,"59岁的新英格兰人,大她31岁。"

有个室友拍了桌子。"妈的×！老王，你倒好，该暴打一顿史密斯，却跑去挨别人的暴打。"大家或附和，或叹息。

"我以为会被打死的，结果还没死，算是又捡了一条命。以后一定好好活，不辜负了弟兄们。"他指了下蚊帐钩，"这副手套，是再不会用了。谁要，送给谁。"

大家彼此看看，没人接话。

"怕沾了血腥气，不吉利？"老王笑了笑，"那，替我扔进垃圾桶。"

"俺要。"宝珠一伸手，把手套摘了下来。

这时候，大家似乎才注意到这个女孩子。

"你家小保姆？"有人问。我一时语塞。宝珠定定看着我。

"昨天是我徒弟，过几天嘛，可能就是我师父了。"我夸张地笑笑。

"她能教你什么呢?"

"学猴。"

"是个驯兽师?"

我看看宝珠,她笑而不答,似乎就算默认了。

老王不相信。"小妹妹,手套不是用来驯兽吧?"

宝珠点点头。"这倒不是……是个稀罕物,俺来一趟学堂,算是冇白来。"

我把帆布挎包腾空了,塞进手套,再把包斜挎到宝珠的身上。她又羞又喜,满脸透亮,反复拿手把刘海掀上去,露出白生生的大脑门,也是透亮的。

宝珠坐上我的自行车后座。我问她:"老王那一副惨相,你怕不怕?"

"这倒冇啥好怕的。"她说,"俺赵家沟的

娃，吃了饭就在晒场上比画，流个血，断个胳膊，是常事，跟消饱胀也差不多的嘛。"

我听得笑起来。又问她："夏晓冬，就是打老王那家伙，他拳头怎么样？"

"他拳头嘛，还是很硬的，快嘛也是很快的。"说完，她又拍了下我的背，叮咛说，"七哥可不敢跟他比画呀。"

"我哪敢……你今天怎么来晚了？"

她就讲了迟到的原因。

上午10点多，来了个客人找二祖爷爷喝茶，是二祖爷爷的师叔。二祖爷爷不在，她就陪他去茶铺坐了小半天。

"师叔！该有100多岁了吧？"

她说，那倒是冇有，师叔是辈分高，只比二祖爷爷大几岁。

"那年龄也很大了呀。也是还俗了吗？"

她说，那倒是冇有，他住在大邑县邮江的一个小寺里，是光光头、穿了袈裟的。俺爹娘说，他腿脚比二祖爷爷还灵便，一个月来一趟成都，来了也冇事，就是找二祖吃顿茶，吃完了，还要裹了茶叶走，一副褡裢，前后都塞满了。俺也是头一回见到他。

"这个老和尚，有点儿贪啊。"

她又说，那倒是冇有。贪嗔痴，二祖爷爷说，数这个师叔是戒得最好的。他拿走的茶叶，都泡了给施主喝。

"他喝白开水啊？"

那倒是不。他说他这辈子，有个"贪"字戒不掉，就是好喝一口盖碗茶。他说了，他也是施主呢，施主里排末尾的，要论喝茶嘛，倒是排头位。

我哈哈大笑。"这老和尚武功很高吧？"

她也哈哈笑了。啥武功，二祖爷爷说，他师叔手无缚鸡之力，是个书呆子。

"这就奇怪了，和尚也有书呆子？"

是啊，她说，他念的书可多了，学问可好了，还写诗。今天来了，还捡根木炭在墙上写了个五言四句呢。

"嚯！背来我听听。"

她说，俺笨，字又不好认，背不了。七哥哪天来了自己看嘛。

"你读过诗没有？"

读还是读过两句的。她念起来，有点像唱歌：

一条杆棒等身齐，

打四百座军州都姓赵。

"宝珠可以啊,《水浒传》上的。"

她说,《水浒传》啥的,俺哪读过呢?这两句唱词就写在晒场的土墙上,赵家沟人人会念的。

正说着,就到望江楼公园正门了。

· 31 ·

望江楼始建于明代,紧挨锦江,门匾、楹联俱全,极为富丽。我头一回来时,才念小学二年级,印象并不深。后来读《红楼梦》,贾政验收大观园,脑子里浮现出的,却处处都是望江楼,且又觉得,论深邃、幽谧、不可测,望江楼公园还甚于大观园。

门口的石台阶有七级,门联不止一副。其中之一是:

> 一水绕当门，滚滚浪分岷岭雪；
>
> 双扉开对郭，熙熙人乐锦楼春。

对得有点呆气，却也大大方方。

进门是一条竹径，很多竹子篷拢来，成了阴森森隧道。望江楼的竹，有几百种，我于竹是白痴，看上去，只有粗细之分。宝珠是北人，也不懂竹，可她看着竹，摸着竹，脸上是喜滋滋的。

我带她顺江边护杆溜达了一圈。崇丽阁挂的对联，有212字，比昆明大观楼的天下第一长联，还多了30来个字。不过，激情和愤怒也都多了些，我说不上喜欢。再过去，濯锦楼的对联，却是我读之不够的：

> 引袖拂寒星，古意苍茫，
>
> 看四壁云山，青来剑外；

> 停琴伫凉月，予怀浩渺，
>
> 送一篙春水，绿到江南。

几千里的纵深，宇宙的阔大，落墨又那么地安详。

我讲给宝珠听，她也是笑笑，脸上喜滋滋的。"七哥说的啥，俺也听不懂……俺也喜欢听。"她像摸竹子一样，也摸那些刻的字。我说："你懂字？""俺哪懂？""看你一脸的欢喜。""字好呢。""好在哪儿？""好在有气力。"

薛涛井在林子深处，几棵大树下，背后有石碑和鲜红的碑阁。明代的蜀藩王府，就是取这口井的水仿制薛涛笺。再后来，富豪人家从这儿取水泡茶，可谓风雅一时。以北方的标准，它该叫甜水井。可惜全成都，甜水井也就这么一口。

而薛涛井的水，我从没尝到过，甚至，没有看见过一眼。它一直都是捂住的。八角形的井圈上，长年盖着厚厚的石头盖子，盖顶上，伸着一小截铁栓。

宝珠问我，薛涛是个啥人呢？我说，唐代的艺伎、才女，能歌善舞，能写会画，死了1000多年了。

"俺就最服这样的女子。"她说着，加快步子，先到了井边。

她把井盖提起来，埋头看了看。我赶紧挨过去，也埋头看。是黑油油的水。"啥也没有啊。"我不无失望。她就把井盖换了个手，挪开点位置。井水变得亮堂了，灰蓝色，水里晃动着两个圆东西，像是两只瓢。看仔细了，是她和我的脑袋呢。

"啊！"她突然叫了声，一下把井盖上了。

"咋个了？""俺看见了井龙王的角……"她淘气地咯咯笑，跑了。我明知是假，还是想再看一眼，就抓住铁栓，一揭。哪里揭得开！用双手抓紧了，再猛地使劲，石头盖子纹丝不动。

管理员走了过来。"喂，你在做啥子？"

"想揭开看一眼。"

"揭开？脑壳有问题呀！书呆子。"

我还有很多问题想问宝珠，但她急着赶回去。二祖爷爷的师叔要来吃晚饭，要给他烙饼，番茄烧豆腐，青椒炒苦瓜。

"吃得太素了。你怎么有气力？"

她说，老师叔吃素。

"过几天我进城，请你去吃样好东西。"

我把自行车借给了她。

她骑上去，又顿住脚，望着我。她问，七哥咋对俺这么好？

"你帮过我一个忙。"

啥忙啊？

"你不说，我也不说破。"

她憨憨地笑。江风把她的刘海吹乱了，她脚下一发力，自行车嗖地射远了。

· 32 ·

砖窑拳击赛的观者虽少，但风声很快传了开去，夏晓冬得了大名。叶雨天还替他传出一句话：武术不禁打。

第二天就有人挑战他，是九眼桥一个练形意拳的高手，人称拳上拳。他欣然应战，在江滩上找了块沙地比试，三拳就打翻了拳上拳。

叶雨天又陪着他，带了一帮好起哄的家伙，骑自行车穿街过巷，主动去找了两个高手挑战。一个住在东马棚街、成都一中斜对门，是个练猴拳的，人称小猴王；一个住在包家巷、成都一产院隔壁，是练铁砂掌的，人称掌将军。两个人都回避了。小猴王是称病，掌将军则闻风走亲戚去了。这就无异于不战而胜，夏晓冬的名声不止涨了一截，且有点传奇了。

我问老王，对夏晓冬的成名有何想法。

"没有想法。"他说。

他在赛后第二天，就顶着一张被打得变形的脸，又去泡茶铺了。计划要调查120家茶铺，目前已完成60多家，必须赶在出国前收官。

但，他突然又把节奏慢了下来。"我要去学太极拳了，而且已经找好了师父。"

我们很感兴趣，这是要复仇吗？

"复仇？想到哪儿去了。仇，无从谈起。只是为了化瘀血。即便有几口戾气，也会逐渐把它练没了。"

那师父呢？我想到了谭公的师父，白髯飘飘的老中医。

"是举重教练给我介绍的，就是他妹妹，在中医学院做助教，针灸专业的。她跟她哥不一样，苗条、优雅，像一片柳树叶。"说罢，老王哈哈大笑。

我和老鲁相互看看，老鲁拍着掌，着实赞叹一回："在哪儿栽倒，就在哪儿站起来，这才是好汉子。可惜，我没机会了。"他又在我肩上拍了一掌。"老七，莫辜负了好时辰。"

"不要想歪了。"老王说。

我关心的,是另一个问题:"太极,能不能实战?"

"不要想多了。"老王没心思谈这个。

· 33 ·

食堂的午餐时间依然乱哄哄。老王已无心把插队的人拉出来,何况,他经常都不在。

我忽然有恶作剧的念头,就端着饭盒,也找个缝插了进去。

立刻有人拍我的肩,我不理。随后,我的耳朵挨了一勺子。转身一看,背后站着叶雨天。"站我后边去。"她冷冷说罢,又莞尔一笑。这个笑,很不适合她,但的确是莞尔一笑了。

我站到她后边,后边是个大块头,不答应,猛掀我一掌:"凭什么!"

我有点下不了台,就捏紧拳头,琢磨要跟他硬斗硬。叶雨天说话了:

"你显你力气大?他插我前边、后边,对我影响不一样。对你,答案只有一个,反正是多了一个人。"

"好吧,你既然喜欢他插你,我也没意见。"大块头故意把"插"停顿,并加重一倍的语气。

啪!叶雨天甩了他一耳光。

周围的人一下子围拢来,等着看好戏。

大块头摸摸脸,大大咧咧说了句:"没啥好看的,一个小误会。"

叶雨天打了肝腰合炒、番茄炒蛋,我也一样。边吃边走,才到宿舍门口,我的菜已经吃光了。她停下来,把菜全拨到我饭盒里。我一时大窘。她说:"难吃死了。你心好,帮我这个忙。"

"你……"

"什么?"

"还是很有风度的。"

她哼了哼。"去我寝室里坐坐。姐妹们都进城了,陪男朋友。"

"都有了?"

"没有的,正在抓紧找。"

"夏晓冬,怎么样?"

"没有怎么样,他很好……好得很。"

她的寝室在六楼,门口挂了半幅帘子,白棉布起朵朵红花。细看不是花,是一枚枚红柿子。

我还是头一回进女生寝室。不是我想象的闺房,说不上整洁、雅致,倒也不脏乱。门背贴了两张《大众电影》的封面,阿兰·德龙饰演的佐罗,还有刘晓庆的大头像。窗口摆了盆虎耳草,晾了几件小内衣,我把目光避开了。

她在自己的下铺坐下,踢了个凳子给我。我的饭已经吃完了,她只动了几小口。担心她又要把饭擀给我,好在她没有。

"毕业打算做什么?"她问。

"能有啥打算,等分配。"

"我平生最讨厌等,等人家来支配。"

"那你要咋样?"

"你还不知道?"

"……"我怎么会知道。

"我已经打了报告,去敦煌。边疆、艰苦地区,是可以主动申请的。"

"可是,你的专业不对口啊。"

"我的英语,不比外文系的差。我的数学,文科生中顶尖的。哲学……那一套，我还是烂熟于心的。敦煌研究想要国际化，这些都是必须的。"

我点点头，以示很佩服。

"你也打报告吧，一起走。天高地广，呼吸也要均匀些。"她看着我，目光炯炯，"论专业，你更适合。而且，大沙漠里，缺的就是书呆子。"

"这个……"我完全没想到，半天说不出话来。

"算了，你哪吃得了苦呢？"她目光一收，冷冷道。

"我也是吃了些苦才长大的，当然，也不算很苦。"我斟酌着字句。

"说些废话。当初，你为什么要念历史系？"

"我正要说这个。小时候看了部电影，是记录古墓发掘的，让我相信旧世界的斑斓多彩，要远胜于眼下。"

"这就对了。还不跟我走？"

"然而我错了。"我顿了顿，她推给我一只草绿色小杯，我喝了口凉水，"我即便每天在马王堆汉墓中吃喝，钻进莫高窟的洞子里临摹……旧世界的颜色，依然不会是我的生活。"

"那是谁的？"

"死人的。"

"那，你就在眼下的生活中等死吧。"她把杯子收回来，一扬手，把残水泼到了窗外。

我理解这是在下逐客令，就站了起来。

"坐下。"

我又坐了下来。

她苍白的小脸上，严峻的表情转化为和蔼和诚恳。"你要学会听懂我的话。"

"就像夏晓冬那样？"

她莞尔一笑,不置可否。

"是夏晓冬让我意识到错误的。"我说。

"意识到什么?"

"眼下的世界,并非灰扑扑。"

"……"

"你为啥要给他当经纪人?"

"因为,很无聊。"

"他为什么要八方挑战?"

"因为,一个男儿梦,舍我其谁。"她嘴角漾起一丝深刻的皱纹,之前从没注意到,"他天真得很可爱。"她点燃一根烟。

我犹豫片刻,还是说了:"珍惜他吧。"

她盯着我看了几秒,淡淡道:"滚。"

我走到门口,刚要掀门帘,她又叫了声:"你回来。"

她从枕边拿起一块布，抖开来，是一匹蓝色的劳动呢，已过水，略微发皱，有新棉布的清香味。

"我想打一条喇叭裤，裤脚8寸2……好看不？"她把布卡在腰间，放下去，遮住了松松垮垮的军裤。很像一条好看的高腰裙。

"好看。"我诚恳地点点头。

"还要打两条裤缝，看起来跟刀子一样挺括。"

"可是，你的鞋……"她的脚上，总是一双灯芯绒布鞋。

"这还不简单，买双高跟鞋啊。我爸爸好容易卖了一幅松鹰图，30元，全发给我做了奖学金。"

"可惜了，本可以买两只老母鸡炖汤的。"

"你是个俗人，贾发财。"她一脸鄙夷，又咬了咬嘴唇，"今后，我要给爸爸做经纪人。"

我连连点头，以示赞同。

"那，我的建议你再想一想……去吧。"

· 34 ·

柱哥从雅安回来几天了。他来找过我，我不在，就留了张条子，大意为：已通过开茶铺的曹德旺，跟开旅馆的大爷取得谅解，问清楚了问海禅师的地址，东糠市街17号附2号。

我给柱哥回了张条子，诚恳致谢。但没写这地址我已摸到了，且晓得它是夹在油坊和面馆之间的。

我又给叶雨天写了张条子，折叠了两下，挑上午9点，宿舍楼清风鸦静时，上六楼塞进她的寝室。刚到门口，门开了，她一步跨出来，差点撞了我。

"想好了？"她微笑着，并不惊讶。

"不是……"我把条子递过去。

"不是?难道还会是情书?"微笑消失了,声音冷冷的,也不是冷,是非常地严肃。

她把条子读完,笑容回到了脸上,但不是微笑。

"我跟夏晓冬说过,经纪人我已经做烦了,不做了,何况并没有报酬。不过,"她话锋一转,"你找来的这个人,太特殊,我还是很有兴趣的。"

"我也是,很想晓得个答案。"

"答案只会有一个。"

"但愿答案不止有一个。"

"哼。哼?"

"萨特死了。上个月,张大千也死了。他们哪个更伟大?"

"偷换概念。"

"……"

第 7 章

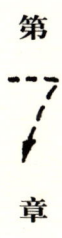

春山藏千山

· 35 ·

我去东糠市街找宝珠,提了一篮红番茄和鲜鸡蛋。进了小院,听到几声喜鹊叫,一眼看见榆树下的永久牌加重车,擦洗得光明、铮亮,简直不像是我的。

二祖爷爷还在屋檐下半躺着,搭着一张淡绿色床单,好像我上次刚离开,打个盹又回来了。他乐呵呵冲我笑,还指了下独凳上的盖碗茶。茶碗边,新放了本旧书。

我把篮子放进厨房的灶头,转过身,正见宝珠从院外走进来。"七哥,"她脸上湿了层汗,鼻尖也是汗,"俺以为你隔天就来呢……咋才来?"

也没几天啊,我说。她脸上烧了一下,只是笑。

我问她刚刚去哪儿了。"把二祖爷爷的师叔送到长途汽车站。他是来拿新茶的,新津带回的新茶,一多半让他拿走了。"说着,她拿起一只小铁盒摇了摇,"七哥再晚几天,连这点儿也有了。"

她又拿出一副盖碗,揭开来,白光闪眼,空空的,却如盛了一碗霜雪。撒一撮花茶进去,花瓣薄得透明,茶芽有嫩黄的茸茸。冲了开水,也放在二祖爷爷的独凳上。阳光上好,老王的拳击手套挂在屋檐下,小风吹着,发出轻微的嘭嘭声。

我喝了一口,真是青涩、香冽,说不出的安

逸。二祖爷爷的这位师侄，还俗后在小县城以装裱字画为生，制茶虽是业余，却又颇为讲究。茶是清明前去峨眉采购的嫩芽，茉莉则是自家后园种植的，摘了盛入竹籤箕，放上瓦屋顶晾干。还要经过几遍我没听过的工序，一年也就制成三斤花茶。一斤自家喝，一斤分送亲友，一斤孝敬二祖。二祖拿回家，再被他师叔拿走了八九两。我居然还喝到了一碗，想想也是很幸运。

我把这个意思讲给宝珠和二祖爷爷听。宝珠笑，二祖爷爷做了个表情，大概是：蠢蛋。但心情是好的。

我就故意把话往问海身上引。我说，鹤鸣茶社有个掺茶的幺师，从前是杨森的保镖，还做过少城公园打金章的总裁判，身手厉害。

二祖爷爷忽然咕哝了一句话，宝珠凑到他耳

根，他重复了一次。"不是厉害，是很厉害。二祖爷爷说的。"

我舒了一口气，上路了。接着又说，这幺师诚然是很厉害，但他还是最服两个人，一个是杨森老爷，一个是问海禅师。

我看了下二祖爷爷。他脸上堆出笑来，又咕哝了一句话。宝珠帮他说出来："俺也是，最服一个人。"

谁？我没想到他会这么说。

"俺师叔。"

这个，我就更没想到了。为什么？他不是手无缚鸡之力吗？

"二祖爷爷说，手上之力，比起心上之力，就算不了个啥。"

我没有听懂。这个老师叔，可惜我没见过。

"二祖爷爷说,他当兵时,炮火中讨生活,靠点儿运气,有成炮灰。有一回打仗,手膀子都被人家砍有了,血流半个坑,气也有有了。师叔路过,把他从死人堆里拖出来,拖到一个破庙子,每天讨饭回来给他吃。吊了三天气,命才又回来了。"

哦,我明白了。我说,师叔有恩于二祖爷爷,二祖爷爷是知恩必报啊。

"二祖爷爷说,师叔是四川总督鹿传霖的小外甥,贵公子。总督创办中西学堂时,师叔成了最年幼的学生。后来,他遇到了关隘,很烦恼,就改名为髡名。"

昆明?我没有听懂。

"是髡名。二祖爷爷说,髡,就是剃光头发,头发,就是烦恼丝。可他还是想不透一个究竟,就去大慈寺出了家,后来又做了行脚僧,苦行了十八省。有回在山西一个庙里头挂单，遇到几十个土匪来洗劫，村子的妇女都跑进庙里躲。当家和尚脚杆都吓软了。师叔一个人把土匪堵在山门外，不让进。匪头子说，你不让开，看俺把你下油锅。师叔说，俺是地藏王菩萨的侍者，下油锅的时候念个咒，把你爹娘的魂魄也勾来一起炸。俺的话，也可能是假的，你不妨试一试。匪头子想了半晌，走了。"

我松了口气，说，好在匪头子还有一点儿天良。

"二祖爷爷说，罗刹也是有天良的，看你能不能找到它。"

我默然了一会儿，又说，出家人不打诳语，师叔毕竟还是撒了谎。

"二祖爷爷说，救人一命，胜造七级浮屠。师叔打一诳语，造了多少浮屠？"

我又默然了好久。宝珠把茶碗递给我，还替我用茶盖搋了搋。小风中飘着新鲜的茉莉香。

师叔该有100岁了吧？我说。

"二祖爷爷说，他师叔已经冇有年龄了。"

我斟酌着字句，委婉道，他行脚十八省，这么老了，为啥要住在邮江呢？是不是有所放不下？

"二祖爷爷说，他喜欢过一个邮江的小尼姑。"

我抽了一口气。

"二祖爷爷说，小尼姑16岁就死了，在江上过渡时淹死的……八辈子远的事情了。"

我叹了一口气，说，好想去拜访他老人家，他住的庙子，叫什么名字呢？

"二祖爷爷说，一座小庙，不足为名……莫要去，去了也见不着。"

我自然不甘心。又很诚恳地问道，可否告知您师叔的法名呢？

"问海。"

这一回,不等宝珠复述,我已经听清楚了。

· 36 ·

宝珠给我指了指墙根。

白石灰刷过的砖墙上,有髡名即问海禅师用木炭写的一首诗。笔迹有点怪,像汉朝人抄在竹简上的字,但多了些摇摇摆摆的风姿:

一指见明月,

一月见春山。

春山藏千山,

千山归一山。

· 37 ·

宝珠侍候二祖爷爷用过午饭,跟我上东大街,去三义园吃牛肉焦饼。

店堂临街,小小的,由于过了饭点,就显得空阔又清静。师傅倒还在忙着,一大盘饼很快上了桌,微微烤黑,飘着火炭气味的焦香。吃吧,我说。宝珠吸口气,傻傻一笑,嘴角流出两滴清口水。

我咬了一口,她咬了一大口。牛肉、葱子被烤炙的牛油泡着,猛地粘上舌头和天膛,齐叫一声:"啊呀!"相互看看,彼此吃得一脸怪相。

我吃了两个,宝珠吃完四个。再吃几个不?我问。

她两眼水汪汪地看着我,很听话地点点头。

我却说,不吃了,留点儿肚子,我们过会儿吃牛肉面。三义园的牛肉面也是很绝的。

她憨憨一笑，又是很听话地点点头。

我说，我有个同学，她爸爸是个画家，画了半辈子，没人买他的画。偶尔卖一幅，价钱也低得跟青菜、萝卜差不多。但他相信自己是天才，她女儿也相信。此外，再没人肯信了，只信这是个笑话。他于是就感慨，艺术要能像比武就好了，拿拳头来证明，赢家、输家，答案只有一个。

她收了笑，摇摇头，淡淡说："比武啥的，也是不能证明的，七哥。除非把人打死。"

我吓了一跳。我问她，世上的武术比赛、拳击比赛多得很，为啥这么说？

"但凡是比赛，莫管武术啥、拳击啥，就是个游戏。游戏有章程，这能打，那不能打。武，不是拿来比赛的。"

那，拿来做啥呢？我问。

"杀人。"

"……"

"这咋比得出来呢，七哥？赵家沟的人每天练的活儿，出手就要伤人的。"

"……"

"俺小叔去给一个功夫电影做替身，头一天拍戏，不留神就把对方打残了。要赔好多钱，哪有钱，他就选了去坐牢，前两个月才出来……俺小叔好可怜。"宝珠老气横秋叹口气，像老了十几岁。

我就问，二祖爷爷的武功怎么样？

"俺也冇见过。倒是听他讲过一句话，'俺杀人如麻，俺师叔活人无数。'"

我欲言又止。

"七哥有话？跟俺说说吧。"

我说，你见过的，在砖窑痛打老王的那个拳

手,他打败老王后,还去四处找武术高手挑战。有的他赢了;有的怕他,躲了,也算他赢了。他就说,武术是花架子,他要见一个打一个。我本来想让你跟他比一比……算了吧。

宝珠不应声。

各自吃了一碗牛肉面,走到了街上。街两边的梧桐树,新叶已阔绰,映着阳光,绿莹莹好看。过来一个戴草帽、挑扁担卖蝈蝈的农民,两头各挑了几十笼麦秆小笼笼,笼里一只蝈蝈、一朵丝瓜花。我掏1毛钱买了一笼,送给宝珠。

宝珠的脸烧了下。"俺又不是娃了呀……"声音有点忸怩,却是欢喜的。

我说,念小学时,我拿零花钱买了一笼蝈蝈。晚上叫起来,母亲心烦,就把笼子撕了。早晨起来,只看见半朵丝瓜花、一只蝈蝈腿,差点儿就哭了。

"差点儿哭,那是哭了冇有呢?"她似乎是好奇。

我想了想,说,想不起来了,好像是没有哭。大了些,读《诗经》,读到一句"六月莎鸡振羽",这次是流了几滴泪。我就是农历六月出生的。莎鸡呢,就是蝈蝈,成都人称为叫蛐蛐。六月莎鸡振羽,是说到了六月,叫蛐蛐翅膀硬了,该飞了。我就想,我是应该飞远些。

"七哥毕业了,想做什么呢?"

不晓得嘛,我说,只能等分配。

"俺知道,好多事冇法由着自己来。"宝珠替我叹了一口气。

我说,能去做个叫蛐蛐也好啊……在成都,老师的绰号就是叫蛐蛐。

宝珠扑哧笑了。"叫蛐蛐好啊,俺今后来当七哥的学生。"

我也笑道,宝珠一定是个好学生。

"俺念过三年小学堂,倒是个听话的学生呢。"

我点点头,以示很相信。

宝珠把笼子举起来,看了看,又换一只手,举起来,转了转。她忽然说:"七哥,俺答应你,跟那个人比画下。不过,你要答应俺一个事。"

我心头一喜,赶紧点头,生怕她变卦了。

"打赢、打输,都请俺再吃一顿牛肉饼。"

· 38 ·

晚上睡觉前,我在寝室讲了宝珠要跟夏晓冬比武的事。

大家都拍掌,等着看好戏。随后明白了,宝珠就是拿走老王手套的胖姑娘,都笑了,说我摆玄龙门阵,寻开心。

只有老王安静看书,不置一词。

我说,是真的,不信就算了。老鲁笑道,你真不会编故事。我说,不是故事,是真的,错过了别遗憾。老鲁把我看了好久,正色道,不要害人又害己,收手吧,就当没有这回事。我说,已经定了,谁劝都没用。

隔壁传来调试二胡的声音,是柱哥。老鲁松口气,说,算你运气好,今晚有柱哥在,听他给你讲一番道理。

说罢,他去把柱哥请了过来。柱哥的手上,还提着二胡呢。

但柱哥听了,脸上堆出笑来,既未阻止,也没说支持:"我其实,还是想看一个结果的。"

老鲁不悦:"柱哥,要是你看过夏晓冬出拳,不看,也晓得结果了。"

"所以,就应该眼见为实嘛。"柱哥依旧是笑笑,至于可否,也不很坚持。

"老王尚且……何况是个女孩子。难道非见到她脸蛋儿开花?"

"既然女娃娃敢应承,想必是有两刷子。至少,也能抵挡几拳吧?不至于……"柱哥顿了顿,摸了10元钱放桌上,"如果她伤了,拿去做汤药费。如果侥幸赢了呢,就算是奖金。"

我把口袋里的钱全掏了出来,是9元8毛,也放在了桌上。

老鲁哼了哼,冷笑。"都他妈疯了呀?"

其他人笑笑,纷纷摸口袋,1元、2元凑了一小堆。老王干咳了一声,大家看着他。他摸了20元,默然放上去。

满屋一片掌声。老王把食指竖在嘴上,小声说:"不足为外人道也。柱哥,给我们拉一曲吧?"

柱哥在独凳上坐稳,低低头,略一沉吟,弓子运了起来。

琴声舒缓地响起,起初还比较沉郁,渐渐有了生气,且愈发地轻快。这时候,屋内突然一片漆黑!宿舍熄灯的时间到了。

二胡依旧响着,月光从窗口进来,正落在柱哥身上,水盈盈的。他低头拉琴,心神似乎已不在此,去了遥遥之地、江河之源。琴声之外,还有淡淡的松香味。我轻声问,啥曲子呢?老王答,《空山鸟语》。

· 39 ·

叶雨天和我商定了比赛的地点和时间,依旧是砖窑,下午1点50分。

但过了半天,叶雨天变卦了,说要改在上午11点。她说,夏晓冬当天下午还有个活动,去北郊天回镇跟一个武术界前辈打比赛。这样安排效率会高些,砖窑的事了结了,就近洗个澡,到食堂吃午饭,赶公交车跑一趟来回,还来得及回学校吃晚饭,又营养又实惠。

我表示理解,并佩服他们数学思维的精准和高效。

但她不接受恭维。"数学思维也可以是有弹性的。现在你们取消比赛,也可以。"

"我们不取消,即便你们想取消,也不行。"

她一脸的惊讶。"书呆子,没想到你会这么强硬啊……我们取消了呢,你敢打上门?"

"是的。"我冷淡地说。

她想表现得更冷淡些,却笑了,还把手伸出来,让我握了握。她的手是凉的、细的,也是有力的。

· 40 ·

宝珠是骑我的自行车直接来砖窑的。

昨晚下了雨,早晨还飘雨花,刚刚才收住了,风还是凉飕飕的。她的脸蛋被风吹出一层粉霜,黑、红、嫩,厚嘴唇上还有好看的茸毛毛。嘴角依旧漾着两弯笑,但乌黑的刘海被梳到了脑后,绾成一个结实的发髻,还用一个尼龙网罩牢了。大脑门露了出来,白生生的,又白又嫩。裤脚上还扎了绑腿,是拿3寸宽的黑布一圈圈缠紧的。

其他看不出变化,就像一个村姑骑了毛驴去

赶集。

我们全寝室的人都站在文史楼后的小路边接她,眼里满是友好和爱怜。进了树林子,草尖上还留着雨水珠,空气湿湿的。旧年的落叶已经扫净,新叶已是苍翠浓荫了。多走几步,还没到砖窑,已见到黑压压的人群,一簇簇、一片片,在林中攒动着,全是来看比赛的。不晓得是谁走漏了风声,也可能是叶雨天故意招来的,观众比上次多了好几倍。老鲁骂了声×!"人心多残忍,看一个女孩子挨打,就那么好看哪。"老王则笑道:"也可能是怜香惜玉呢。"

看见我们过来,人群让开一条缝,目送着宝珠,充满了好奇。

叶雨天和夏晓冬已先到了。沙袋从古槐上吊下来，仍像一根极为夸张的红肠。夏晓冬戴着黑色拳击手套，抱着沙袋，轻轻地摇晃着，额头、面孔、脖子上，泛着亮晶晶的汗光。鹰隼般英俊的脸，两颗眼珠是锐利的，看见我们过来，流露出相当的友好。他身边站了一个胖子，面熟，我默了片刻，认出是鲍门牙。

鲍门牙亲热地打了我一拳。"晓冬下午有场硬赛，对方是我老家的堂伯，回龙拳宗师。他先来热热身。"说罢，又冲宝珠露出两颗大门牙，"小妹妹一看就精精神神的，有志气。"他比出一个大拇指。宝珠憨憨一笑。

裁判还是体院的助教，叶雨天在陪着他抽烟，暂且无话。

我看了下表，是10点50分，小声问宝珠："二祖爷爷晓得你来吗？"

她点点头。

"他有没有叮嘱你什么呢?"

"要稳。"

"还有呢?"

"要静得下来。"

"你静不静?"

"嗯。"她点点头,又笑了笑。

夏晓冬招手把叶雨天叫过去,俯在她耳边说了几句话。

叶雨天走到我身边。她穿着黑色高跟鞋、裤脚8寸2的劳动呢喇叭裤,裹紧的小屁股骄傲地翘着。"你们现在还可以放弃。"她嘴里的气吹得我痒痒的,"我们还可以对大家说,这姑娘肚子痛,或者刚好是生理期。"

我说:"不。"

"为什么?"

"你们不是就想要个结果吗?"

"如果把这件事理解成小说,留个悬念也不错。"

我笑笑,再看了下表。"开始吧。别误了他下午的比赛。"

她恨恨地盯了我一眼。

夏晓冬把T恤脱了,扔给鲍门牙。他身上的肌肉游鼠般活跃着,腿在原地轻快地跳跃。我注意到,他额头新缠了一条红绸带,这使英武之气又添了丝优雅。

宝珠把拳击手套从挎包里掏出来,老王替她戴上手,细心检查了一遍,柔声问:"用过了吧?"

她点点头。

"别紧张,啊?"

她笑了笑。

黑压压的人群挤压拢来,又在裁判和叶雨天的驱赶下,退出一个圆圈。没人说话,但呼吸声有如阵阵闷雷。我望了下树梢,今天没有晾晒衣服、床单,但树枝上坐了几个激动不已的男生。还有些人站在矮墙上。烧窑工倒没来,他们正在把砖坯放进窑洞去。

圆圈的空地上是湿的,还有个浅凼,积了一汪水。夏晓冬穿了双黑色的高帮运动鞋。宝珠还是一双带襻的布鞋,已经湿透了,她把脚向我伸了伸,说:"七哥,替俺脱了吧。"我蹲下去给她脱,手有点发抖,脱了好久才脱下来,提在手里。

宝珠的脚板大,十个脚趾大张开,这使她站得很稳当。

裁判简单宣讲了规则,双方点头。夏晓冬是武术世家出身的,对手也来自武术之乡,他就按老规矩,有礼貌地拱拱手。

宝珠不动声色。

空气凝滞了,期待着撕裂。蝉鸣突然静下声,两百多颗心提到了嗓子眼。

· 41 ·

裁判叫了声:"开始。"

夏晓冬脸上还挂着笑意。两人相距五六步。

"始"声刚落,宝珠右手一扬,左手打出一拳!

这是一记左勾拳,正打在夏晓冬的下巴上。夏晓冬仰后扑出去,他试了三次要保持住平衡,但没成功,终于倒在了一凼雨水里。雨水受到强烈的撞击,啪、啪、啪飞起来，有力地击打在观众的脸上。

所有人都还没有回过神，表情茫然。裁判站在夏晓冬身边，数着："一、二、三、四、五……"

宝珠站在夏晓冬刚才站立的位置，很专注地俯瞰着他。谁也没有看清楚，她是怎么一刹那跨过这五六步距离的。

裁判数完了十，树林里没一丝动静。又似乎过了一分钟，夏晓冬还躺在水里，就像安静地睡着了。他脸上没伤痕，下巴依然是光滑的、漂亮的，嘴角保持着已经僵硬的微笑。

人群终于闹腾起来了，有人鼓掌、跺脚、喝彩、喝倒彩。叶雨天脸色煞白，指着宝珠，手指头颤抖，又转而指着我，恨恨道："她作弊。"

闹腾突然回到了安静，比刚才还要静。大家都在听。

"为什么？"

"夏晓冬是西洋拳，她是武术……她刚才打的那一拳，算什么？！"

大家都盯着宝珠的手。红色拳击手套还没取下来，她动作很小地挥了挥。"俺不懂这啥拳、那啥拳，但凡过了俺的手，就是俺的拳。"

很多人笑了，还有人鼓掌或尖叫。叶雨天冷冷道："狡辩，没逻辑。"

裁判和鲍门牙已把夏晓冬搀扶了起来。他除了身子软，湿透了，看不出刚挨了这么一下子。他不看宝珠，看着我，脸上留着的，不是伤痕，是一个春梦的残影。突然，他嘴巴努了努，吐出一颗牙齿，诚恳问："姑娘刚才那一拳，可有什么说法吗？"

"千山归一山。"我淡淡道。

第八章

春去也

· 42 ·

我把室友们凑的钱转交给宝珠,她分文不收。我说,我们再去吃一顿牛肉焦饼吧。她说,俺最喜欢吃的,不是焦饼,是学堂里的饭。

室友们大喜,每人拿出7毛钱菜票,各买两荤一素,拼在寝室的两张长桌上。我又提了两只竹壳开水瓶,去工会小卖部打回散装啤酒。请了宝珠坐中央,济济一堂,大吃了一顿。

宝珠吃得满脸红彤彤，嘴巴吧嗒、吧嗒响。她一人吃了两份夹沙肉，一嚼一嘴油，油水顺着嘴角淌。肉下蒸的糯米饭，饱浸油和糖，她也总是吃不够。老鲁笑眯眯说，宝珠今后又想吃学堂了，尽管来嘛，八个哥哥轮流请。

宝珠频频点头，忽然说："你们不是就要散了吗？"

这话一出口，大家都沉默了，只剩一片咀嚼声。良久，老王说："散了，还有再聚的时候。今天酒味淡了些……下回吧，威士忌加茅台，还有大哥亲手烧的麻婆豆腐、水煮鱼。"说罢笑笑，轻轻叹口气。

吃完饭，我骑车送宝珠去九眼桥那一头乘公交。她坐在永久牌的后座上，挎包里塞着拳击手套，脚上是快焐干的鞋。绑腿是解下来了，拿在手里一甩一甩。

锦江中已没有渡船了，还能看见系渡船的铁桩，兀自立在江流里。岸边有人撒了一网，啥鱼虾都没有网起来。很多燕子停在电线上，还有几只绕着一家客栈的屋檐飞，估计那儿有新搭的燕窝吧。

宝珠告诉我，父母已忙完了小叔的婚事，过两天就来成都照顾二祖爷爷了。

"那你该回老家了？"

她说，俺不回老家，去深圳。有个堂姐姐在深圳做工，让俺也过去，只要肯吃苦，挣的钱不少。小弟弟要念学堂，还要娶媳妇，种田的钱是不够的。

"你是为弟弟去挣钱啊？"

她说，嗯。

"管弟弟是你爸妈的事情，你管好自己就行了。"

她嘿嘿笑起来,弟弟是俺姐妹两个招来的、迎来的,咋能不管呢?再说,俺也不怕吃苦啊。

我想说啥,车已上了桥,碾着一块断砖,砰地一跳!

她"啊"了声,抱紧我的腰。我背心一热。水声突然大起来,是九个桥洞里的哗哗冲刷声。春天已远,这是夏水了。

岷江涌出青藏高原最东边的谷口,在都江堰分出一支锦江,流经成都平原,绕过老城的东南角,有力地穿出九眼桥之后,逐渐舒缓了下来,再淌过我的大学、望江楼,经双流县进入彭山县,在江口镇流回到岷江,一路蜿蜒蛇行,归于无影无踪。

2019.11.18—2020.4.1

成都温江凤凰,四易其稿

后记

有所忆,乃在春烬时

1

夏日午后,我常开了老捷达,下东郊狮子山,西进二环路,过静居寺,驶近锦江,再沿江朝北,翻过九眼桥,又折而向南,徐行一公里之后,从右手的望江路29号回到母校,淘旧书,买盗版影碟。

灼灼热风中,麻雀睡了,蝉子也哑巴了,我把车停在大操场尽头的邮局前。念书时,这邮局还没有呢,而今已显得老旧了、冷清了。门外树荫下,好多的小摊摊。我有时挑两本书,买一大摞碟,有时空手就走了。但热风中像有无数的手,过些天又会把我拉回来。

林荫道、跑道,空空无人,而我总能看见许多年青的面孔,在远处、近处飘浮着,那是从未老去的兄弟姐妹们。我们的故事,比任何一张影碟更亲切,更有意味。

2

秋凉了,路边落了几颗青柿子。树上果实累累,枝条压弯了,又用了两根竹竿撑起来。

这路我是常走的,但去年才发现,行道树里隐了这棵柿子树。那时天很冷了,一对母子在摇树干,嘴里叫着:"柿子!柿子!"树已光秃,只剩了两颗，熟透的红，在冬阳里格外地好看。我自此记住了，后来又忘了，直到又见柿子落。

落地的柿子，都是头朝下，撞得猛烈，不甘心。我一一把它们翻了过来。都还没成熟，皮上有粉霜，没粉霜的部位，亮如青铜。偶尔有块黑斑，则如一滴墨。有的撞破了一点皮，有的又黄了一小块。放手心掂一掂，实实的，像颗小秤砣，却又很有生命力。

放在米坛子里孵，柿子会膨胀，一弹表皮，鲜艳的瓤喷薄而出！

而我居然那么长时间，没有看见它。

3

1975年春，成都郊区农民挖地时，发现了一对战国青铜剑。双剑、双鞘，又合为一体，这是极为罕见的。剑柄虽已腐朽脱落，但剑锋依然锐利。剑身还有蝉纹。专家说，蝉是高洁的象征，又寓含死而转生之意。

用这样的雌雄双剑，超度敌方的魂灵，血腥而又有美感。想想都是骇人的。

成都也是《花间集》的诞生地。何谓《花间集》？简言之，靡靡之音也。蜀中茶馆、酒馆、麻将馆，就跟芙蓉花一样多。软糯的市风，遮掩了古已有之的剑气。而其实，剑气，一直都是市井的里子。

1995年春，我发表了第一篇小说，是写荆轲刺秦的，题为《衣冠似雪》。

4

9月去游南京。

我去过三回了。头一回是1998年，11月，太阳大而热，就像夏天回来了。我一人沿着城墙内侧走。墙下很多老巷子，逼窄、狭长，却有空空的疏落感。人少极了，车也少。车是板板车，载着大白菜。家户的门口，牵一根铁丝、麻绳，也晾着大白菜。阳光里，一地飘散着闲静。

《儒林外史》里，杜慎卿说南京，菜佣酒保都有六朝烟水气。这次去，街上车水马龙，楼房林林，恍然还是在成都。随便进家面馆，落座一望，墙上挂了一把琵琶，六朝遗韵啊。这跟成都又是很不相同的。

但，我看得最深，目光停留最久，却是在南京博物院：玻璃柜子里，平放了两把苗条的剑。该是吴越争霸的旧物吧？过了不止2000年，锋刃也没减。冷冽，有力量，是风雅瓢子里的硬骨头。

5

世上有两种动物,很适宜比喻作家的劳动。一个是陆上的骆驼,一个水里的鲑鱼。骆驼不停地反刍,咀嚼着往事;鲑鱼千万里洄游,要回到出生的水域,繁衍自己的生命。好的小说也正是这样,在记忆里深挖,用叙述抵抗着遗忘和死亡。

6

很久以来,我就想写一文一武两部小说,对称而又很相异。总算,都写出来了,文即《春山》,武就是《拳》。

7

七年前,我开始画画,并临习《石门颂》。

我于书法是外行,无意间,遇到了它。《石门颂》是汉碑,且是汉碑中的一个例外,被称为隶中草书:既有汉隶的遒劲、古拙,又颇为自由、洒脱。每临到"武"字,我都会略微停顿,多端详一会儿。这个"武",不霸悍、不张牙舞爪,沉稳、有劲道,又具相当弹性和灵敏,可攻、可防,一旦出拳、踢腿,眨眼就千变万化。

那个"文"我也喜欢,藏着武之力。之乎者也的"之",也一点没有迂夫子气,就像身姿一弯,向后甩出的漂亮一脚。

不过,也许是我想多了。

8

我念初中时,到处都还比较乱,学校也不清静。我就读的那一所,校风颇为刚烈。大约十三四岁,有天上体育课,是雨后,老师吩咐做体操。他当过兵,体能好,身手矫健,好几种运动项目都娴熟。但年纪还轻,脾气急躁。我身边的男生则比较调皮,做操不认真,还说着玩笑话。老师骂了他一句,他回骂了一句,老师一耳光扇在他脸上!

他呼地一拳,击中老师的面门!快如闪电。老师向后跌出去,仰面倒在一洼积水里。

事情已过去了几十年。师生双方都有所不妥,这点恩怨,可能早就释怀了,忘记了。而我却还记得很清楚。我从小迷《水浒》,先是连环画,后来是字书,还喜欢和人讨论,哪位好汉的武艺高。这个呼地打出一拳的男生,跟我关系不错,我晓得他拳头硬,但从没听说他习过武,师承又是谁。这之后,我打听过几回,也没问出确切的答案。

9

刚上大学时,在食堂看见一位男生,肌肉发达,走路阵阵有风。一问,他来自山东,且离梁山泊不远。我心头一喜,认定他有武功,而且不算低。还有一次,看见他握一把带鞘的剑,匆匆穿过校园。我就对他更有兴趣了。总算来了个机会,课间休息,在教室外抽根纸烟,闲聊。恰好他也在,就请他露几下拳脚。他笑笑,也不拒绝,立刻就舞了起来。动静挺大,还很像一回事。同学们正要喝彩,他却啪一下,摔倒了。大家鼓倒掌,笑他,花拳绣腿啊!他倒也不恼,呵呵笑。

我叹口气,走远了些。

10

《神秘的大佛》放映后,金庸小说也风靡校园。宿舍里有人吊了沙袋,早晚拳打脚踢,嘴里还发出李小龙似的尖啸!很像小孩子的淘气或胡闹。不过,除了有点干扰瞌睡,倒也没什么。

有天,不知谁惹了街上的混混,来了一二十个混混要算账。打沙袋的都关了门窗,不出声,低调内敛。这让人有些惊讶,但也是有趣的。还能指望他们挥拳打回去?笑话。

11

同班也有好几个武迷，都订了份杂志，叫《武林》。我订的是《奥秘》。但我也承认，武林其实是更大的奥秘。

武迷们常谈论，李小龙是打赢过泰拳王的，只是没有公开报道过。还讨论，李小龙能不能打得过阿里？或者，是否还有两部武术秘籍藏在深山老林中？讨论之激烈亢奋，之嗓门洪亮，远远超过了中文系讨论陀思妥耶夫斯基，哲学系讨论柏拉图，历史系讨论马王堆汉墓。

我喜欢旁观他们的讨论。我虽早年迷过《水浒》，但而今所知有限、段位低，自然只有洗耳恭听的份儿。

我请教一位资深武迷，武的奥秘是什么？

他说，不好说，说不清。这么说吧，武即是文，是文化，而文却不是武。你觉得我说错了没有呢？

我想了想，觉得没有错。从此对他多了点仰视。

12

我的家和大学在同一座城市里。星期六去九眼桥搭公交车回家，星期一一早直接到教室。

那位资深武迷常告诉我些奇闻。譬如星期六晚上，为了抢电影票，有个理科生在礼堂门外的抓扯中，很吃了一点亏，他班上的老大就不干了。这老大瘦瘦的，戴副眼镜，文质彬彬，他把眼镜摘了放进衬衣口袋，眼珠子瞪得又大又圆，一串出拳！把对方几个男生全都打趴下了。

全都趴下了？我有点不信。

没趴下的，都跑了。他一笑。

原来，周末有这么多故事，我都错过了。

后来，我周末也懒得回家了，一起泡在学校里，等故事。也去泡茶馆，听故事，寻访有故事的人。

13

毕业时，同学们相互说起大学四年，太快了，仿佛一眨眼。

很多年后，再想起那四年，依然觉得短，但又惊讶于短是短，故事却是那么多。

这四年像是一团酵母，在回忆中不断膨胀，仿佛我们的确是从浩瀚故事中跋涉过来的。酵母中，有司马迁的《刺客列传》、王维的诗，还有长啸中打沙袋的砰砰声……它们可以让我不断地写，不断地讲。

《拳》,无论是武,抑或算是文,都应该是一部缅怀之书吧。缅怀青春,缅怀"下马饮君酒,问君何所之"。

也缅怀从古老年代绵延至今的某种神秘感。

14

出门远行,经过大山脚下,望见白雪覆盖的山顶,我会想,顶级的武术家,就像陶渊明和王维,不会隐居于此修炼啥秘技。他们住在市井,就在我们身边的人群中。

2020.10.26

江安河岸,写定

图书在版编目（CIP）数据

拳 / 何大草著. —北京：北京联合出版公司，2021.4（2021.7重印）

ISBN 978-7-5596-4975-1

Ⅰ. ①拳… Ⅱ. ①何… Ⅲ. ①长篇小说－中国－当代 Ⅳ. ①I247.5

中国版本图书馆CIP数据核字(2021)第015243号

拳

作　者：	何 大 草
出 品 人：	赵 红 仕
策　划：	乐府文化
责任编辑：	孙 志 文
特约编辑：	信 宁 宁
装帧设计：	别境Lab

北京联合出版公司出版
（北京市西城区德外大街83号楼9层　100088）
北京联合天畅文化传播公司发行
北京美图印务有限公司印刷　新华书店经销
81千字　787毫米×1092毫米　1/32　印张8
2021年4月第1版　2021年7月第2次印刷
ISBN 978-7-5596-4975-1
定价：39.80元

版权所有，侵权必究。
未经许可，不得以任何方式复制或抄袭本书部分或全部内容。
本书若有质量问题，请与本公司图书销售中心联系调换。电话：010-64258472-800